AF146134

Sehnsucht Urserental

Helen und Hugo Busslinger-Simmen

Sehnsucht Urserental

Helen und Hugo Busslinger-Simmen

Bibliografische Information der Deutschen Nationalbibliothek:
Die Deutsche Nationalbibliothek verzeichnet diese
Publikation in der Deutschen Nationalbibliografie;
detaillierte bibliografische Daten sind im Internet
über http://dnb.dnb.de abrufbar.

Herstellung und Verlag: BoD – Books on Demand,
Norderstedt

ISBN: 978-3-7392-2288-2

Inhaltsverzeichnis

Dieses Buch handelt vom harten, aber erlebnisreichen Alltag der Bergbauern Liberius und Maria Simmen-Renner und ihren zwölf Kindern in Realp zu Beginn des 20. Jahrhunderts. Man lebte von und mit der Natur. Die Abwanderung der Jungen war – wie damals in allen Berggemeinden – üblich, es gab zu wenig Arbeit. So verliefen die Lebenswege unterschiedlich und spannungsreich. Das Urserental aber blieb Ort ihrer Sehnsucht.

1 Heimwehfahrt

Im Herbst 1945 packt Alfred Simmen seinen Koffer für Ferien im Urserental, die Vorfreude ist ihm ins Gesicht geschrieben. «Warum verbringst du jedes Jahr Ferien in Realp?» fragt ihn seine Schwester Marie, die im gleichen Haushalt in Altdorf lebt. «Es gibt schönere Ferienorte! Aber meine Geschwister machen immer wieder Ferien im Urserental!» wundert sie sich. Alfred sagt: «Ich will Verwandte und Bekannte treffen und beim Emden mithelfen. Es nimmt mich Wunder, was sich verändert hat.» Er verrät nicht, dass er regelmässig Lebensmittelpakete nach Realp schickt und erfahren möchte, wer in Zukunft noch seine Unterstützung braucht. Seine Frau Marily ist der Ansicht, die Herbstferien gehörten ganz ihrem Mann und seinen Interessen: «Ich weiss, wie gut Alfred die Ferien im Urserental tun. Und er nimmt stets zwei Kinder mit.» Sie selbst hat im Sommer Ferien mit ihren Kindern auf dem Haldi ob Schattdorf verbracht.

Alfred und seine Frau sind sich darüber einig, dass eines von beiden im Geschäft präsent sein muss, Ferien zu zweit können später möglich werden.

So reist Alfred nach Realp, im Schlepptau seine zwei Kinder, Marianne und Lena. Beide zappeln während der Bahnfahrt ungeduldig herum. Sie können es kaum erwarten, das Tal zu sehen, von dem ihnen erzählt worden ist. Sie spüren, die Reise ist eine ‚Heimwehfahrt', etwas Besonderes, das dem Vater viel bedeutet. Marianne fragt: «Wie war es als Bub damals in Realp?» Der Vater denkt eine Weile nach und sagt: «Wir Kinder haben überall mitgeholfen.» Lena, die sich gern in eine Ecke verzieht, wenn sie helfen sollte, fragt: «Hast du das gern gemacht?» Der Vater sagt: «Weisst du, alle arbeiteten mit, es war nie langweilig.» Man könnte annehmen, nach einer arbeits- und entbehrungsreichen Jugendzeit würden Ausgewanderte nicht mehr gern heimkehren - aber sie kehren mit schöner Regelmässigkeit zurück. Es muss ein eigenartiger Reiz mit der Kindheit in den Bergen verbunden sein - eine unerklärliche innere Sehnsucht. Die Zeit, welche Alfred und seine Brüder im Urserental verbringen, sind eigentliche Männerferien, ihre Frauen bleiben zuhause, weil sie spüren, dass der Aufenthalt im Tal nicht ihre Sache ist. Sie haben dort nichts Unvergessliches erlebt und deshalb kein Heimweh, keine Langizyt.

In der Schöllenenschlucht ruft Lena, als sie die Felswände sieht: «So viele Felsen, alles ist eng und dunkel, nur Steine und Steine, das macht einem Angst. In Italien sei es schöner, sagt meine Freundin, alles weit und offen, mit viel Sonne. Warum fahren wir nicht nach Italien?» Der Vater sagt, er sei zuhinterst im Urserental aufgewachsen, er wolle dorthin zurück. Das müsse so sein. «Ihr lernt Verwandte kennen, es wird euch gefallen», verspricht er den Mädchen. In Andermatt angekommen sehen sie die plötzlich auftauchende Weite, das eigenartige Licht im Tal, die Bergspitzen, die in

4

den Himmel ragen. Was für ein Gegensatz zur Steinwüste in der Schöllenenschlucht! In der Schule haben sie gelernt, Realp sei das kleinste und am höchsten gelegene Dorf im Kanton. Und der berühmte Dichter, Goethe, habe gesagt, Urseren sei das schönste Tal überhaupt. Das weckt Neugier! Und wirklich, die Gegend ist eigenartig schön. Ohne südliches Flair, es gibt keine üppige Blumenpracht, die Wiesen sind mager und die Hänge steil. Der Vater weist auf die Berge hin, er spricht vom Spitzigrat, vom Müeterlishorn, vom Winterhorn. Er schaut zum Fenster hinaus, und denkt offenbar an vergangene Zeiten.

Die Mädchen wechseln von einem Fenster zum andern, um nichts zu verpassen. Eindruck macht ihnen die Reuss, die mitten durchs Tal fliesst, die an die Berghänge geduckten Ställe. In Zumdorf sagt der Vater: «Von hier habe ich Heuhaufen auf dem Rücken nach Realp getragen, einige Kilometer weit.» – «Auf dem Rücken? Hattet ihr keine Wagen und Pferde?», fragt Marianne. Seine Antwort: «Wagen und Pferde waren teuer, das hatten zu meiner Zeit wenige.» In Realp angekommen, ist Alfred erfüllt von einer Hochstimmung, die er von früheren Besuchen kennt – er ist gut aufgelegt. Im Dorf wird er von Einheimischen begrüsst. Von einem Fenster aus tönt der Ruf: «Kommt zu uns herauf, Kaffee und Krapfen sind bereit!» Als die drei ihre Koffer im Hotel abgestellt haben, wird der Vater sozusagen vom Dorf ‚aufgesogen'. Die Mädchen beschäftigen sich auf ihre Weise und geniessen unerwartete Freiheiten. Niemand fragt etwas, niemand erteilt Befehle. Sie tun das, was ihnen gerade in den Sinn kommt, stromern herum, steigen auf Hügel und lassen sich hinunter kollern. Das Dorf Realp haben sie sich grösser vorgestellt, in einigen Minuten ist man am Dorfende angekommen. Ihnen gefallen die Steinhäuser, die aneinander zu kleben scheinen. Sie wundern sich, dass sie von vielen gegrüsst werden.

Marianne und Lena streifen durch Realp und merken, wie das kleine Dorf gebaut ist: In der Mitte die Kirche und Wohnhäuser, etwas abseits Ställe und Gärten. Der Vater sagt: «Noch arbeiten hier rund 20 Bauern, meistens mit Nebenberufen. Aber wer weiss, wie lange noch!». Marianne und Lena suchen Kinder, mit denen sie spielen könnten. Doch die meisten sind beschäftigt. Weil sie schon früh fürs Viehhüten angestellt werden, nennt man sie ‚Hirteli'. Neugierig beobachten die Mädchen die Dorffrauen, die Schürzen und Kopftücher tragen, viel zu tun haben und trotzdem immer Zeit finden für einen Schwatz. Es herrscht eine fast südliche Atmosphäre. Die Leute reden miteinander, und die Gespräche sind wie eine Art Kitt, der das Dorf zusammen hält. Mit grossem Stolz präsentiert der Vater den Mädchen die Lawinenverbauung, bei der er – in seinem ersten Beruf war er Bauführer – mitgearbeitet hat. Er, der als Kind oft aus Angst vor Lawinen nicht schlafen konnte, half mit, Sicherheit für das Dorf zu schaffen.

Beim Besuch bei Verwandten sehen die Mädchen, dass die Frauen viel Zeit beim Kochen verbringen. Alles wird von Hand hergestellt. Die Frauen holen Fleisch und Würste aus den Kammern, gehen in die Gärten, um Lauch, Zwiebeln und Kräuter zu schneiden, sie hacken und würzen. Der Vater sagt: «Wer hier gut kochen kann, ist eine Respektperson». Es werden Urschner Spezialitäten aufgetischt, es gibt Krapfen und Pasteten. Marianne und Lena ahnen, dass die Gastfreundschaft auch mit ihrem Vater, der als Wohltäter im Dorf gilt, zu tun hat.

Oft ist die Rede von schwierigen Zeiten, von Krankheiten und Unfällen, von Lawinengefahr. «Wie ist es hier im Winter?» fragt Marianne. Es wird geschildert, wie es tagelang schneit, wie die Schneemassen auf den Dächern höher und höher wachsen, jedes Jahr ist

das Dorf zeitweise von der übrigen Welt abge-
schnitten. Mit Schaudern wird berichtet, dass
einmal eine Lawine gerade vor dem Dorf zum
Stillstand gekommen sei. «Auch im Winter
müssen wir das Vieh in den Aussenställen be-
sorgen, dabei sind wir von den Lawinen tagelang bedroht, können oft nicht ins Dorf zurück
und harren in den Ställen aus», wird erzählt.
Es ist die Rede von zerstörten Gaden und er-
schlagenem Vieh. Jeweils am morgen früh
müsse man die Wege vom Haus zum Dorf oder
zum Stall von Hand frei schaufeln. Bei diesen
Berichten schwingt etwas Melancholisches mit
– so lange andauernde Winter muss man er-
dulden und ertragen.

Von den Verstorbenen wird manchmal so
gesprochen, als ob sie noch leben würden. Man
erzählt Begebenheiten aus deren Leben. Marianne sagt: «Hier sind die Verstorbenen ja gar
nicht richtig tot.» Wirklich, es scheint, die To-
ten seien noch unter den Lebenden; der Fried-
hof ist mitten im Dorf, und wer etwas zu be-

sorgen hat, geht im Vorbeigehen zu den Gräbern. Wenn ihnen darnach zumute ist, haben die Realper keine Hemmungen, in Klagen auszubrechen. Die Mädchen erleben, dass ‚jomerä' bei den Realpern beliebt ist, man erzählt von Krankheiten und dem täglichen Ärger. Das erleichtert offenbar Herz und Gemüt. Geduldig hören sich die einen Jammertiraden von andern an, unterbrechen nur hie und da mit ‚joherjee' oder ‚muesch di dri schickä', und klagen dann ihr eigenes Leid.

Beim Emden in Diepelingen sind Alfred und seine Kinder willkommene Hilfskräfte. Das Gras wird mit der Sense gemäht, mehrmals gewendet, es werden Heumaden erstellt, mit Rechen zusammen geschoben und auf eine einfache Karre geladen. Es ist heiss, alle schwitzen, an den Händen entstehen Blasen, der Rücken schmerzt. Aber als einer mit einem Handkarren, der mit Most, Brot und Käse beladen ist, daherkommt, ist die Mühsal schnell vergessen. Es wird Pause gemacht, man isst und trinkt und alle amüsieren sich.

Marianne und Lena geniessen es, nicht nur im Dorf, sondern auch im Hotel Des Alpes herumzulungern. Im Restaurant sind Einheimische und Fremde, Jasser und Soldaten anzutreffen. Die junge Wirtin serviert, organisiert, flattiert und wirbelt herum. Den Mädchen gefallen ihr schwarzer Jupe und das weisse Schürzchen, ihr rot geschminkter Mund, ihre Gewandtheit im Umgang mit den Gästen. «Warum hat es hier so viele Soldaten und Offiziere?» fragt Lena. Die Wirtin erklärt, im Urserental gäbe es viele militärische Anlagen, ihr Restaurant sei eine Militärbeiz. Sie ist – ähnlich wie ‚Gilberte de Courgenay’ – die ‚Gilberte von Urseren’, kennt ihre Gäste und kümmert sich um sie. Man schäkert mit der schönen Wirtin, sie ist um keine Antwort verlegen und behauptet, die Mädchen seien ihre Töchter, Lachsalven ertönen. Marianne und Lena verstehen nicht, was dabei lustig sein könnte, aber sie sind fasziniert.

Im Foyer sitzt die alte Wirtin vor einem Glas Cognac und tut nichts. Sie trägt ein schwarzes Spitzenkleid, eine vornehme alte Frau im Ruhestand. Immer wieder wird sie von Bekannten aufgesucht, die ihr die neuesten Geschichten erzählen. Lena sagt zu Marianne: «So möchte ich alt werden, mit Nichtstun, mit vielen Besuchen, die mir das Neuste berichten, zwar alt, aber mittendrin.» Die Mädchen halten sich gern in der vornehmen Gaststube mit dem schönen Geschirr mit den weissen Tischtüchern und weltmännisch anmutenden Gästen auf. Im untern Geschoss ist die rauchgeschwärzte Küche, hier begegnen die Mädchen einer anderen Welt. Hier wird das Fleisch geräuchert, es werden einheimische Leckerbissen zubereitet – ein magischer Ort! Da treffen sich Bauern und Hirtenbuben, die neuesten Erlebnisse werden ausgetauscht. Es ist der Ort mit den vielen Geschichten. Die Älpler trinken ein Glas Schnaps und erzählen von Abenteuern, von Steinschlägen, Gewittern, Schlechtwetterperioden. Die alte Küche ist Alfreds Lieblingsort, die Atmosphäre erinnert ihn an seine Kindheit. Für die Mädchen gibt es auch hier Neues zu sehen. Ein Geissbub löffelt eine Suppe, er hat ein braunes Gesicht und Strubelhaare, trägt einen abgewetzten Kittel, riesige Schuhe hangen an seinen dünnen Beinen, eine Gestalt aus einer andern Welt. Es heisst, er sei verantwortlich für die Schafherden hoch oben in den Alpen. Marianne und Lena würden ihn gern ein wenig ausfragen, aber sie haben den Mut nicht dazu. Der Geissbub starrt die Mädchen an und sagt nichts. Reden scheint nicht seine Stärke zu sein.

In Realp wird der spezielle Urschnerdialekt noch ausgeprägt gesprochen. Nach und nach verstehen die Mädchen die fremden Ausdrücke und sprechen sie nach. «Warum sprecht ihr anders als in Altdorf und Seedorf, unten im Kanton Uri?» fragt Marianne den alten Wirt, «die Wörter haben viel ‚ou' und ganz scharfe ‚e'.» Es wird ihr erklärt, dass das Urserental ein besonderes Tal sei, und dies seit Urzeiten. Die Mädchen spüren, dass die Realper ihren Dialekt lieben und keineswegs ihre Sprachgewohnheiten ändern wollen. Der Wirt sagt: «Wir sind anders als die Bevölkerung dort unten, durch die Schöllenenschlucht sind wir vom übrigen Teil Uris abgetrennt. Wir führen ein Eigenleben, organisieren unsere Arbeit und unser Zusammenleben in eigener Regie. Niemand wagt, sich einzumischen.» Er ist offensichtlich stolz darauf. Lachend sagt der Wirt: «Diejenigen, die von unten her zu uns herauf kommen, nennen wir ‚die Choonige'».

Früher war in den katholischen Orten der Besuch der Sonntagsmesse ein Gebot, das nicht in Frage gestellt wurde. Aber es war nicht nur leidige Pflicht, denn der Kirchenbesuch war mit Begegnungen und Gesprächen nach dem Gottesdienst verbunden, hier wurden Kontakte gepflegt, Beziehungen geknüpft, Neuigkeiten und Berufserfahrungen ausgetauscht, Handel getätigt, es wurde nach Herzenslust politisiert. Nach der Messe traf man sich auf den Dorfplatz, Junge und Alte, Politiker und Bevölkerung.

Bei einem sonntäglichen Kirchgang im Sommer 1891 fällt Maria Renner eine Tenorstimme auf. Sie ist nicht bei der Sache, ist fasziniert von dieser Stimme, die klarer und heller tönt als alle andern. Möglichst diskret dreht sie ihren Kopf mit den blonden Zöpfen und sieht, dass es Liberius ist, der so schön singt. Ihre Freundin an ihrer Seite stupft sie und flüstert: «Du fällst auf!» Die beiden jungen Frauen tuscheln, sie haben Humor. Nach dem Gottesdienst gesellt sich Maria zum Kreis, der um Liberius herum steht und sagt: «Du singst aber schön», was den Sänger verlegen macht. Am nächsten Sonntag kommen die beiden wieder ins Gespräch, dann am übernächsten, am überübernächsten. Liberius wundert sich, dass die im Dorf beliebte Maria Renner an ihm, dem Strassenarbeiter, Interesse hat. Er lädt die junge Frau zu sonntäglichen Wanderungen ein, die beiden finden Gefallen aneinander.

Maria kennt die Pflanzen und Heilkräuter, erzählt alte Sagen und berichtet von ihren Liebhabereien, von ihrer Kochleidenschaft. Sie liebe den Geruch von frischem Heu und mähe gern von Hand, betont sie. Liberius ist überrascht. Er ahnt, welche Kraft die eher zart wirkende junge Frau hat. Die Spaziergänge werden wiederholt, und bald heisst es im Bergdorf: Sie gehen miteinander. Maria gefällt ihr Tenorsänger, trotz der einfachen Kleidung und

Lebensart strahlt er etwas Vornehmes aus, zudem ist sie fasziniert von seiner Bescheidenheit und Zurückhaltung. Und von seiner Stimme. Singen hatte damals im Urserental einen grossen Stellenwert, jene mit schönen Stimmen wurden bewundert.

An einem Sonntagabend will sich Maria Renner von ihrem Freund verabschieden, aber Liberius sagt: «Warte! Geh bitte jetzt nicht weg!» Maria blickt ihn aufmerksam an, seit längerer Zeit spürt sie, dass er etwas auf dem Herzen hat. Er fängt an zu reden, zuerst stockend, dann immer gewandter. Er redet davon, wie interessant ihn ihr Zusammensein dünke, er will das fortsetzen, immer wieder. Wenn möglich ein Leben lang. Es ist wohl die längste Rede seines Lebens. Am Schluss der lange Rede sagt Liberius traurig: «Wir können nicht zusammen kommen, denn ich bin arm und habe nichts, nicht mal ein Haus. Wie kannst du einen armen Strassenarbeiter heiraten?» Maria fängt an zu lachen, ein helles, fast kindliches Lachen purzelt aus ihr heraus. «Das Welschhuus, das ich erben kann, ist geräumig, da hat eine Familie Platz», sagt sie und freut sich über das glückliche Gesicht ihres Freundes. Sie sieht etwas in ihm, das andere nicht sehen. Und er sieht etwas in ihr, das andere nicht wahrnehmen.

Gab es jemals eine Hochzeitfeier, die noch einfacher war, die weniger lange dauerte? Die Trauung von Liberius und Maria dauerte gerade eine Stunde, in der Pfarrkirche Realp, am Montag, 26. Juni 1893 morgens um 6 Uhr. Keinesfalls vermisst das Brautpaar ein großes Fest, mit vielen Gästen in kostbaren Kleidern, mit feinem Essen und edlem Wein. Liberius und Maria kennen das nicht. Auch wenn sie solch opulente Feste kennen würden, entspräche das nicht ihrer Lebensart. Denn sie wollen ihr Eheversprechen und ihre Zuneigung nicht nach aussen tragen, ihnen genügt die kurze Feier. Trotz der unglaublichen Einfachheit ihrer Hochzeit ist das Paar in bester Stimmung:

Sie wollen ihr Leben gestalten, anpacken, Neues wagen. Diese Wünsche erfüllten sie mit einem Glücksgefühl, das nur ihre eigene Sache ist. Mit den Segenswünschen des Pfarrers begibt sich das Brautpaar nach der Kirche zum Frühstück. Damals liessen Bauersleute an ihrem Hochzeitsfest ein Foto machen, oft die einzige ihres Lebens. Aber hierfür fehlen dem Brautpaar Zeit und Geld. In der Neuen Zürcher Zeitung wird später das karge Hochzeitsfest unter dem Titel ‚Liberis Hochzeitstag' beschrieben. Hier ist eine Charakterisierung des Bräutigams zu lesen: ‚…Von Gestalt ist er ein blondbärtiger, stämmiger Bergbauer mittlerer Grösse, im besten Mannesalter, mit einem herzensguten Gesicht. Um die Mundwinkel und Nasenwurzel sind Züge, die Willenskraft verraten, eiserne Willenskraft, wenn es sein muss…' Im Bericht wird geschildert, wie der Bräutigam nach der Hochzeitsfeier und einem bescheidenen Frühstück das Werktagskleid anzieht und nur eine Stunde später als üblich an seine Arbeit geht, zur Strassenarbeit hoch oben an der Fuchsegg an der Furkapassstrasse.

So sind die Brautleute nach der Hochzeit in der Kirche wieder an ihrer Arbeit, beide an verschiedenen Orten: Maria kümmert sich um ihre Tiere und den Haushalt. Sie ist nicht so fleissig, wie sie es sonst ist. Mehrmals unterbricht sie die Arbeit, denkt an das Gesicht von Liberius, malt sich ihre Zukunft aus. Wenn sie an die Möglichkeit denkt, Kinder zu haben, steigen Freudentränen in die Augen. Denn sie liebt Kinder, sie hat ein Flair für sie, schon als kleines Mädchen hat sie Säuglinge auf dem Arm gehabt und Kinder gehütet. Sie nimmt sich vor, ihren Kindern alle Liebe zu schenken, die sie hat. An ihrem Hochzeitstag erlischt das Lächeln in ihrem Gesicht nicht. An diesem Tag ist Liberius an der Furkastrasse beschäftigt, es gibt keine Maschinen, es ist Handarbeit. Es geht ihm wie seiner Frau: Oft unterbricht er an diesem Tag die Arbeit und denkt nach. Dabei stützt er sich auf den Pickel und überlegt, ob er eine Familie ernähren kann, ob sie wohl stets genug zu essen haben werden. Laut sagt er vor sich hin: «Ich werde jede Arbeit annehmen.»

Es dünkt ihn, er habe mit Maria das grosse Los gezogen, mit ihr zusammen fühlt er sich stark und sicher. Das letzte Stück Arbeit vor dem Feierabend erledigt er ungewöhnlich schnell. Am Abend des Hochzeitstages sitzen Liberius und Maria bei einem Glas Wein beisammen und reden über ihre Zukunft. Maria sagt: «Das war ein schöner Tag. Wir haben einander gefunden. Wir sind beisammen.» Sie sprechen über die Arbeit, die anfallen wird, machen gemeinsam Pläne und sind voller Zuversicht. Zwar wissen die Brautleute, dass ein Leben voller Mühsal und Entbehrungen auf sie wartet. Aber sie sind überzeugt, dass sie es schaffen werden, dass ihr Leben gelingt. Nicht zu Unrecht: Die Realper stammen von den Walsern ab, die bekannt sind für ihre Zähigkeit und ihrem klugen Umgang mit Natur und Naturgewalten. Nun, an ihrem Hochzeitsabend macht sich das Paar keine Sorgen. Niemand kann ahnen, dass aus der Verbindung zwölf Kinder und eine Sippe mit über 200 Nachkommen stammen würden.

4 Bergbauer mit vielen Engagements

Liberius arbeitet als Bauer, Strassenarbeiter und Hüttenwart in der Rotondohütte, später kommen politische Ämter dazu. Nach 12 Jahren füllen bereits acht Kinder das Haus mit Leben. «Wie viele Berufe hast du eigentlich?» fragt seine Tochter Anna ihren Vater, «ich muss in der Schule deinen Beruf angeben.» Liberius lacht und sagt: «Ich arbeite dort, wo es Arbeit gibt» und zählt seine Tätigkeiten auf. «Das kann ich nicht alles aufschreiben», klagt Anna, «Ich schreibe einfach Bauer». Um die Familie durchzubringen, nimmt man jede Arbeit an. Im Urserental ist man privilegiert, denn das Militär und der Tourismus bringen Arbeitsplätze, auch der Kanton bietet begehrte Arbeitsstellen an.

Am wichtigsten für Liberius ist die Tierpflege, denn mit deren Verlust würde die Familie ihre Lebensgrundlage verlieren. Wenn es dem Vieh gut geht, geht es seiner Familie gut.

Wie alle Kleinbauern in Realp hat er einige Kühe, Schafe und Ziegen. Jeden Frühling begibt er sich in den Tessin oder ins Wallis um Ziegen zu kaufen, die den Reichtum an Kräutern im Urserental schätzen. Am meisten freut er sich, wenn seine Kinder – auch wenn sie noch klein sind – hinter ihm her stiefeln und beobachten, was er macht und nach und nach selbst Arbeit übernehmen – eine Art ‚Generationenarbeit'.

Mit dem Aufkommen des Alpinismus drängt es sich auf, im Witenwasseren-Gebiet eine SAC-Hütte zu bauen, Liberius unterstützt die Bestrebungen der Sektion Lägern. Nach der Fertigstellung des Baus wird er 1909 der erste Hüttenwart, er bleibt es während mehr als 20 Jahren. Zur Rotondohütte begleiten ihn die älteren Kinder, hier geht die Arbeit nie aus.

Liberius ist stolz auf die Offenheit, welche man Realp zuschreibt, zukunftsweisend ist der Bau eines Elektrizitätswerkes im Jahr 1902 – das Werk bringt schon früh Strom ins Dorf.

Seit jeher ist das Zusammengehörigkeitsgefühl in diesem Dorf sprichwörtlich; die Abgeschiedenheit lässt die Bewohner zusammenrücken. Bei Abstimmungen werden in Realp die Vorlagen anders beurteilt als in den übrigen Urner Gemeinden, anders, aber immer einheitlich. Das ist ein eigenartiges Faktum, von dem man spricht. Noch heute stimmt die Realper Bevölkerung einheitlich ab, meistens fortschrittlicher als die übrigen Urner.

Als Liberius im Jahr 1904 in den Urner Landrat gewählt wird, fragt er seine Frau: «Ob ich wohl diese Arbeit auch noch bewältigen kann?» Maria sagt: «Das ist interessant und gibt einen Weitblick, den du sonst nicht erhältst». Wenn Sitzungen im Landrat anstehen, muss sich Liberius die Zeit stehlen, noch in letzter Minute, im Zug nach Altdorf studiert er Anträge und finanzielle Fragen. Er wird mit Themen konfrontiert, die er vor seiner Wahl nicht kannte. Am liebsten diskutiert er mit den Ratskollegen beim Mittagessen, zuweilen fliegen dabei die Fetzen, Liberius setzt sich für das Urserental ein. Wenn er in Realp mit seinen Nachbarn spricht, spürt er manchmal ihre Resignation. Sie sagen: «Wir bringen es auf keinen grünen Zweig, das wenige Geld zerfliesst zwischen den Fingern. Wir sind eine armselige Gesellschaft.» Liberius sagt dazu: «Wollt ihr denn in einer Fabrik jeden Tag dieselben Schrauben herstellen? Hier haben wir die Natur, unser Tal, das sogar von Goethe gerühmt wurde, wir sind unsere eigenen Herren.»

Liberius nimmt sich Zeit für seine Liebhaberei – das Schreiben, da ist er in seinem Element. Kann ein Bauer mit schwieligen Händen, die in Feld und Stall harte Arbeit verrichten, über eine leserliche Handschrift verfügen? Offenbar eignen sich auch abgearbeitete Hände dafür. Sein Schreibtalent kommt Liberius auch als Landrat im Rathaus Altdorf und bei seiner Tätigkeit als Richter am Landgericht zugute. Ein Briefwechsel mit seinem Cousin in Solothurn ist eine willkommene Erholung, und so sehen die Kinder ihren Vater oft schreibend am Tisch sitzen. Er schreibt mit Disziplin, Unnötiges vermeidet er, denn er ist ein Bergler, der sich nicht gern mit Überflüssigem aufhält.

Liberius ist mit Cousin Jules Simmen in Solothurn befreundet, ihre Freundschaft begann in ihren Jugendjahren. Der Vater von Jules war gebürtiger Realper und fuhr regelmässig mit seinem Sohn ins Urserental in die Ferien. So kam es, dass Jules einmal sah, wie geschickt Liberius mit den Tieren umging. Liberius rief: «Willst du mir helfen? Allein ist es langweilig.» Das musste er nicht zweimal sagen, Jules liess sich die Kühe zeigen, lernte ihre Namen und Eigenheiten kennen und war nun jeden Tag mit seinem Cousin zusammen. Die beiden waren unzertrennlich. Für den Stadtbuben Jules war ja alles neu und abenteuerlich, spielerisch lernte er die Landwirtschaft im Hochtal kennen. Nie vergass er die unbeschwerten Tage in Realp.

Einmal macht er als Geschäftsmann in Realp einen Halt und meldet sich bei seinem Cousin. Die beiden sitzen im Hotel Des Alpes zusammen und sind gespannt, etwas vom andern zu erfahren. Jules berichtet, er sei gerade mit dem Bau eines eigenen Hauses beschäftigt. Liberius erzählt: «Im Gegensatz zu deinem Vater bin ich hier geblieben, meine Frau besitzt ein Haus, wir betreiben Viehzucht. Aber ich bin nicht ganz von der Landwirtschaft abhängig, arbeite noch beim Kanton als Strassenmeister am Furkapass.» Sein Cousin sagt: «Ich bewundere, was ihr im Urserental zustande bringt, mit der Viehzucht und der Pflege der Wiesen und Alpen trägt ihr viel zur Erhaltung der Natur bei. Wie würde es hier aussehen, wenn das Land nicht bebaut würde?» Er kommt beim Reden in Fahrt und sagt: «Es ist eure Arbeit, welche die Attraktion der Berglandschaft garantiert.» Bei solchen Worten beginnen die Augen von Liberius zu leuchten und er sagt: «Ich bin auch stolz auf unser Tal. Einerseits leben wir mit der Natur, andererseits kommt durch die Passstrassen die halbe Welt bei uns vorbei, wir bleiben weltoffen. Ein

Problem ist die Ausbildung unserer Jungen, die ja im Unterland stattfinden muss.» Jules sagt: «Du kannst mit meiner Hilfe rechnen, ich unterstütze deine Familie, wenn es nötig ist.» Er will alles wissen über das Urserental, die beiden fangen an zu politisieren, sie trinken Wein und haben gute Laune. Jules nimmt sich vor, in Zukunft regelmässig den Cousin zu besuchen, denn er weiss, dass der Bergbauer nicht Zeit und Geld genug hat, zu ihm nach Solothurn zu reisen. «Du bist immer hier willkommen», sagt Liberius. Der Abend wird mit witzigen Bemerkungen und Lachen beendet.

Jules ist stolz, dass er aus dem Urserental stammt und erzählt gern davon. Er und Liberius verkörpern Gegensätze. Hier der erfolgreiche Verwaltungsrat der Handelsbank, Besitzer eines florierenden Weisswarengeschäfts, da Liberius, Bergbauer und Strassenarbeiter. Trotzdem gibt es einiges, das sie verbindet: Interesse für das politische Geschehen, Stolz auf die eigene Herkunft, eine Gradlinigkeit, die wohltuend ist.

Einige Zeit nach dieser Begegnung organisieren die beiden ein Familientreffen. An einem Sonntag fährt im Dorf eine Kutsche vor, ein gut gekleideter Herr mit drei Buben steigt aus. Aus den Fenstern der Häuser blicken neugierige Gesichter, man wundert sich, wer so vornehm beim Welschhuus aussteigt. «Das ist der reiche Cousin von Liberius, er kommt aus der Stadt, das sieht man», sagen die Leute. Im Dorf hat man beobachtet, wie Maria den Besuch vorbereitet hat. Sie holte die besten Fleischstücke, backte die beliebten Krapfen, jetzt stellt sie alles auf, was Küche und Keller bieten können, die Gäste werden fürstlich bewirtet. Den Stadtbuben imponiert, wie selbstbewusst die Realperbuben sind. Die Mädchen strahlen etwas aus, das man nicht beschreiben kann, es hat mit Natürlichkeit und Stolz zu tun. Man bestaunt einander gegenseitig. Dem umsichtigen Jules bleiben die bescheidenen Verhältnisse seines Cousins nicht verborgen. Als er von Realp wegfährt, nimmt er sich vor, in der Zukunft die Familie seines Cousins zu unterstützen. Immer dann, wenn es gerade notwendig ist.

In einem Briefwechsel schildern Jules und Liberius einander ihre Anliegen. Wenn Liberius von Sorgen gequält wird, teilt er sie mit dem Freund, und dieser kennt jeweils einen Ausweg. Die Verbindung ist nicht einseitig – beide profitieren davon auf ihre Weise. Liberius schickt im Herbst Pakete mit Wildbraten und Hauswürsten. Jules interessiert sich als neugieriger und gebildeter Städter für das Leben in den Bergen – eine Erweiterung seiner Sicht auf die Welt. Er ist ein Bildungshungriger, der sich mit allen Facetten des Lebens befasst. Keineswegs will er sich in seine Villa zurückziehen und es sich dort wohl sein lassen. Er kennt die Verhältnisse in Realp, die Kraft der Naturgewalten und die Abwanderung der Jungen.

Die Familie Liberius und Maria Simmen wächst, schliesslich kommen zwölf Kinder auf die Welt, – die grosse Kinderzahl ist keine Seltenheit. Der Altersabstand vom Ältesten zum jüngsten Kind beträgt mehr als 20 Jahre, und so sind fast nie alle Kinder anwesend. Die Ältesten sind bereits ausgezogen als die Jüngsten noch in die Schule gehen. Es ist in grossen Familien Brauch, dass die älteren Geschwister die jüngeren beaufsichtigen. Maria sagt: «Die Älteren lassen die Kleinen nicht aus den Augen, das machen sie gern. Ohne ihre Hilfe würde ich nie, aber gar nie fertig mit der Arbeit. Dabei lernen sie, eigene Wünsche zurück zu stellen.» Für Abwechslung ist gesorgt, denn unter den Kindern sind alle Charakter vertreten. Da sind quirlige Lausbuben, die immer einen Spruch parat haben, sensible und auch vorwitzige Mädchen, übermütige und ernste Kinder. Das Zusammenleben ist nicht frei von Spannungen, aber auch vielfältig und anregend. Wenn es zu grösseren Streitigkeiten kommt, warnt der Vater: «Hört auf mit dem Streit, bevor alles aus dem Ruder läuft und fast nicht mehr zu retten ist.» Als Richter am Landgericht Urseren erfährt er, wie rasch sich Streit und Missgunst zu Feindschaft entwickeln kann.

Maria ist oft im Garten anzutreffen, die Gärten sind der Stolz der Frauen und Maria beobachtet mit Vergnügen, wie ihre Pflanzen wachsen. In den Gärten kommt man rasch miteinander ins Gespräch. Die Nachbarin, die nebenan im Boden gräbt, richtet sich auf, stützt sich auf den Rechen und sagt: «Mir ist es verleidet, das Rackern und Krampfen jeden Tag, nur damit etwas auf den Tisch kommt.» Sie beginnt zu jammern, über das Wetter, über die Kinder, die nicht helfen, über den kommenden Winter. Maria sagt: «Bei schlechtem Wetter ist das Leben hart hier oben. Aber noch haben wir nicht Eis und Schnee, noch scheint die Sonne. Wir haben richtige Jahreszeiten mit allem, was dazu gehört. Bald ist Dorfmetzgete, da ist viel los. Das können die Leute aus dem Unterland nicht erleben.» Greti brummt: «Du siehst immer alles positiv» und geht weg, vor sich hin schimpfend.

Gretis Jammern hat Maria angesteckt, und abends sagt sie ihrem Mann «Was machen wir später, wenn unsere Kinder wegziehen? Wie können wir alles bewältigen?» Liberius beschreibt, wie ihre erwachsenen Kinder einen Beruf lernen und immer wieder heimkehren würden. «Ich freue mich auf das, was sie uns von der Welt draussen berichten werden. Da sie an Arbeit gewohnt sind, werden sie es schaffen», ist er überzeugt. Maria schaut ihre verarbeiteten runzligen Hände an, es bricht aus ihr hervor: «Wenn ich das noch erlebe! Mich dünkt, ich sei richtig alt geworden.» Liberius sieht zu seinem Erstaunen, dass Marias Augen nass sind, und er legt seine schwieligen Hände auf ihre. Es ist ein stiller Moment. Plötzlich fängt Maria an zu lachen und sagt:

«Unsere Dorfhexe sagt ja den Leuten gern das Lebensende voraus. Ich könnte sie fragen, wie lange ich noch leben darf.»

Eines Tages herrscht Aufregung im Dorf. Die Realperin Barbara ist mit vierzig Jahren an einem Herztod gestorben, sie hinterlässt fünf Kinder. Man sagt, sie habe sich überarbeitet. Liberius sagt sich: «Mir gibt das zu denken. Maria arbeitet viel zu viel. Wir müssen sie mehr unterstützen.» Als seine Frau gerade im Garten zu tun hat, versammelt der Vater die Kinder und sagt: «Ich muss ein ernstes Wort mit euch reden. Eure Mutter hat zu viele Pflichten, so geht das nicht weiter.» Alle denken nach, wie sie Maria entlasten könnten. Anna sagt: «Ich übernehme das Flicken und Nähen.» Die zweitälteste Marie will sich zusammen mit Bertha um die Wäsche kümmern. Liberius befiehlt den Buben: «Ihr übernehmt das Auftischen, das Abtischen und den Abwasch, und zwar jeden Tag.» Alle nicken. Nur Julius drückt sich gern, er wird als Laufbub bestimmt, der jeden Tag die notwendige Ware aus dem Keller holt. Maria ist erstaunt, als ihre Kinder von einem Tag auf den andern grosse Hilfsbereitschaft zeigen.

Kochen ist Marias Leidenschaft, sie kann aus fast nichts das Essen für die Grossfamilie zubereiten. Die Zutaten stammen aus dem eigenen Betrieb: Milch, Rahm, Käse, Fleisch von eigenen Tieren, selbst gemachte Würste, Kartoffeln aus dem Garten, eigenes Gemüse. Im Herbst werden Säcke mit Teigwaren, Reis und Mais eingekauft, das muss für ein Jahr reichen. Trotz der Hilfe ihrer Kinder ist das Leben von Maria geprägt von Arbeit und nochmals Arbeit, und oft wird es abends spät, bis das Tagwerk erledigt ist. Als sich erste gesundheitliche Probleme bemerkbar machen, schreibt Liberius seinem Freund nach Solothurn: «Könntest du für Maria etwas zur Stärkung schicken? Sie ist erschöpft.» Als sie an ihre Grenzen kommt, ist sie froh, dass jene, die noch nicht ausgewandert sind, ihr Arbeit abnehmen. Zu Recht ist sie stolz auf die Weggezogenen, die mit beiden Füssen im Leben stehen und keinen Illusionen und Fantastereien nachhängen.

Es ist kein Wunder, dass nach 51 Jahren ihre Kräfte aufgebraucht sind. Wenn die erwachsenen Kinder von ihrer Mutter erzählen, haben sie oft Tränen in den Augen und sagen: «Die Arbeitslast war gross. Zu gross.»

Die Arbeit der Realper Bauern ist – stärker noch als im Unterland – ganz von den Jahreszeiten bestimmt, vor allem der fünf- bis sechsmonatige Winter prägt den Arbeitsrhythmus. Wenn dann endlich der Schnee geschmolzen ist, herrscht im Tal Aufbruchstimmung. «Wir müssen möglichst rasch die Wiesen schönen», sagt Liberius, und alle beginnen, die Wiesen von Holzstücken und Steinen zu befreien; sie müssen sich hundertmal bücken dabei. Jedes Grasbüschel dient als Futter und ist kostbar. Das Vieh wird auf die Alpen getrieben, man schaut gerne zu, wie die Geissen übermütig Bocksprünge machen und genussvoll fressen, was sie am Wegrand finden. Älpler betreuen die Tiere und erzählen später von wunderbaren Sonnenaufgängen und hellen Sternennächten, aber auch von schlechtem Wetter mit harter Arbeit, mit Kälte, Nässe und Gewittern.

Noch vor dem Heuen wird mit dem Torf-Stechen begonnen. Denn geheizt wird unter anderem mit Torf aus dem Hochmoor im Witenwasserental. Das Ausgraben des begehrten Torfs ist streng geordnet: Jede Familie hat ihre ‚Torf-Tage‘, sie dürfen nur dann Torfstücke stechen, dabei helfen alle mit.

Wenn der erste Bauer mit dem Heuen beginnt, nehmen auch die andern ihre Sensen zur Hand. Schon früh am Morgen wird gemäht, dann wird das Gras verzettelt, am Mittag wir das Gras gewendet und zusammengedrückt auf Karren geladen. Bewunderung geniessen die Männer, welche riesige Heubündel auf ihre Rücken hieven und mit bedächtigem Schritt in den Gaden tragen.

Das Vieh wird im September von den Alpen herunter getrieben, dann beginnt der allgemeine Weidgang: Das Vieh kann überall weiden, kein Hag oder Zaun hindert den Weg, so werden die Weiden vor Einbruch des Winters nochmals genutzt. Alle gehen mit den grösseren Kindern in die Kleinholz-Wälder in der Nähe, sägen Äste von Erlengebüschen, machen Burdeli und bringen sie auf dem Rücken oder auf einer Karre heim.

Wichtig ist der Herbstmarkt – verschiedene Händler stellen ihre Stände auf und verkaufen Kleider, Stoffe, Bänder, Knöpfe und was alles zum Nähen gehört. Die Realperinnen kommen vorbei und beäugen alles kritisch und kaufen, was sie brauchen. Die Mädchen helfen den Händlern beim Zusammenräumen und bekommen – wenn sie bis zum Schluss ausharren – manchmal ein buntes Haarband oder eine andere Kleinigkeit geschenkt. Im Winter werden dann die Näharbeiten erledigt, die Stube verwandelt sich in ein Nähatelier.

Ein bestimmter Herbsttag wird von der Gemeinde als Schlacht-Tag bestimmt, es herrscht Aufregung im Dorf. Liberius sagt: «Wir können nicht alle Tiere über den Winter durchfüttern, aber wir geben uns Mühe, dass ein Tier beim Metzgen nicht leiden muss. Der Störmetzger hilft dabei.» Von den Tieren wird alles weiter verwendet, Innereien, Haut, nichts wird weggeworfen. Die weniger kostbaren Stücke werden durch einen Fleischwolf getrieben und es werden Hauswürste hergestellt. Jede Familie hat ihre eigene Gewürzmischung, die ein Geheimnis bleibt. Einige Ziegen werden vorläufig geschont, man braucht sie noch für den Eigengebrauch. Das Fleisch wird nicht nur in den Rauch gehängt wie im Unterland, es wird teilweise in der reinen Bergluft getrocknet und bekommt dadurch einen besonderen Geschmack.

Der Schlachttag ist zugleich ein Festtag. Denn wenn die Arbeit getan ist, kommen die besten Fleischgerichte auf den Tisch, und wer würde das feine Essen nicht geniessen! Wenn die Vorratskammern wieder gefüllt sind, gibt das auf den Winter hin ein gutes Gefühl. Schaffleisch wird für das bekannte Herbstmenü

‚Chabis und Schaffleisch' verwendet, die beiden Hauptzutaten ergeben ein geschmackvolles Gericht, das Auswärtige ins Urserental lockt. Die verschiedenen Methoden und einzelnen Arbeitsschritte bei der Fleischverarbeitung hat man von den Eltern übernommen.

Im Herbst ist für Liberius die Murmeltier-Jagd angesagt, die kleinen Tiere sind leicht zu erlegen, es ist anderes als die Hochwildjagd. Maria sorgt dafür, dass die gejagten Murmeltiere mit Haut und Haar verwertet werden: Das Fell dient als Wärmespender, das Fleisch wird luftgetrocknet, es gibt ‚Mungge-Suppe'.

Als es eines Tages im Oktober schneit und die Flocken durcheinander wirbeln, als wäre es Weihnachten, ruft Helene im Hotel Des Alpes: «Bitte nicht jetzt schon!» Sie fügt bei, die Winterzeit von Oktober bis April sei ihr verleidet. «Ich möchte dort wohnen, wo Frühling, Sommer und Herbst lange dauern, der Winter wäre dann nur eine Art Anhängsel, den man lachend übersteht.» Seppi sagt: «Die unglaublich langen Winter haben auch ihre guten Seiten. Wir haben weniger zu tun, können das aufarbeiten, was liegen geblieben ist, und die Kinder können auf ihren selbst gebastelten Skiern die Hänge hinunter fahren.» Annagret fügt bei: «Es ist gemütlich, wenn wir Frauen in den Stuben Kleider nähen und flicken. Aus Altem wird Neues, und oft singen oder beten wir dazu. Und Weihnachten, Neujahr und die Fasnacht bringen willkommene Abwechslung.» Allerdings müssen die Realper mit Lawinen rechnen, das steckt ihnen in den Knochen. Sie leben wirklich unter den Lawinen, wie es in Schillers Wilhelm Tell steht.

Unglücksfälle auf den Alpen und im Stall sind nicht selten, und es grenzt an ein Wunder, dass die Familie Simmen-Renner davon verschont bleibt. Man ist an die Launen der Natur gewöhnt und durch Hitze und Kälte abgehärtet. Bergler gelten allgemein als fatalistisch. Wenn eine Lawine gerade vor dem Dorf Halt macht, wenn man bei grosser Kälte zu den Ställen gehen muss, wenn die Kleider nicht genügend Wärme geben, dann nehmen die Urschner das an. Mit ziemlich grosser Demut. Hoffnungsträger sind in jeder Familie die Kinder, die mit ihrer unverbrauchten Kraft den Eltern Halt geben.

Die Realper sind kinderliebend. Das zeigt sich bei den Kosenamen, welche die Kinder erhalten. Die Mädchen werden auch Chnepfli, Schnäggebänzli oder Wasserhiäntli genannt. Die Buben bezeichnet man als Zwaspel, Lüüser, Setzlig, Chrigel, Lüüspleger. Früh sind die Chnepfli junge Bäuerinnen, versorgen die Tiere und helfen im Haushalt. Von klein auf erleben sie, dass die Lebenszeit der Tiere beschränkt ist und dass sie im Herbst geschlachtet werden. Sie sind Realisten, das prägt sie fürs Leben: Alles hat zwei Seiten, Leben und Sterben gehören zusammen.

Einen Sinn in der Arbeit zu sehen, ist für Bauernkinder nicht schwierig. Wenn die Arbeit getan ist, sieht man das Ergebnis, die Kinder sind verantwortlich für einen bestimmten Bereich. Neben den Pflichten geniessen die Kinder aber auch Freiheiten und Vergnügen. Sie crleben hautnah die Jahreszeiten, Abendrot, Sternennächte, Sommerhitze, Herbstfarben. Wenn sie an den Berghängen für die Tiere sorgen, geniessen sie einen weiten Blick auf das Tal und die umliegenden Bergspitzen. Wen wundert es, dass sie sich manchmal wie kleine Könige fühlen und ihre Lebenslust laut hinaus schreien, singen und jodeln. Wie Gämsen klettern sie an steilen Hängen hinauf und hinunter. Dabei haben sie das Gefühl, das Tal gehöre ihnen. Sie träumen von der Zukunft, vom Abwandern vielleicht, von einem leichteren Leben. Sie wissen, was es für das Überleben braucht, wie sich Kälte und Hitze anfühlen, wie man einen anstrengenden Tag überstehen kann.

Die Schule, das ist das andere Leben, das ganz andere. Nicht alle können still sitzen, man ist sich ja an viel Bewegung draussen gewohnt. Man sitzt auf harten Bänken, hört aber nicht ungern dem Lehrer zu. Unterrichtet werden die Hauptfächer, Lesen, Rechnen und Schreiben. Das muss genügen; diese Fächer werden eingepaukt. Denn die Lehrer haben eine wilde Bande vor sich. Im Urserental amten als Lehrer die Kapuziner; sie haben hier ihr Arbeitsgebiet. Sie sind keine weltfremden Theologen, sondern leben wie die Realper in einem einfachen Haus, gekleidet mit der braunen Kutte aus grobem Wollstoff. Sie amten als Pfarrer, Lehrer, Seelsorger, Ärzte gar, Ratgeber. Das Kloster Ingenbohl schickt Lehrschwestern, die Schul- und Hauswirtschaftsunterricht erteilen. Wenn sich ein Kind durch besondere Fähigkeiten auszeichnet, raten die Kapuziner zu einer Weiterbildung. Denn sie kennen die Kinder und sehen, welches ihre Stärken sind. Liberius wird empfohlen, seine Tochter Anna in die Hebammenschule zu schicken, Alfred darf nach Altdorf ins Kollegium, Toni wird ins Gymnasium nach Stans geschickt.

In der Schule und in den Familien geht es oft laut zu und her, Streitigkeiten gehören dazu. Die Buben kämpfen miteinander, die Mädchen haben andere Methoden der Auseinandersetzung. Neben der vielen Arbeit gibt es fröhliche Stunden; man singt, damit die Arbeit leichter von der Hand geht, man singt allein vor sich hin oder zusammen mit andern. Die Abende sind eher besinnlich. Es wird der Rosenkranz gebetet, wobei die Jüngsten und Ältesten oft einschlafen. Die Mädchen beobachten verwundert ihre Brüder, die während dem Gebet in der Stube hin und her gehen, sie haben offensichtlich überschüssige Kraft. Das Wiederholen der Gebete hat etwas Meditatives, es schafft Gemeinschaft.

Das Leben der Realper Jugend besteht aber nicht nur aus Bravsein, Arbeit und wieder Arbeit. Die Jugendlichen sind übermütig und denken sich Streiche aus. Dies vor allem in der Fasnachtszeit. Die jungen Männer treffen sich in der Fasnachtswoche in einem leer stehenden Raum, in einer so genannten Spielstube, es werden Witze erzählt, Lausbubenstreiche ausgedacht, man treibt es bunt. Mädchen sind vorerst nicht dabei. Die Jungen müssen für

Essen und Trinken sorgen, sie machen es sich einfach: sie stibitzen Lebensmittel aus der heimischen Küche. Die Mütter, die zur Fasnachtszeit Krapfen backen, kennen den Übermut in der Fasnachtszeit. Kaum haben sie die Süssigkeiten zum Auskühlen auf die Seite gestellt, ist die Herrlichkeit weg. Die Mütter drücken beide Augen zu. Dass der geschlagene Rahm auch noch weg ist, nehmen sie seufzend zur Kenntnis. Nachdem sich die Jungen ausgetobt haben, besuchen sie die Mädchen, auf die sie ein Auge geworfen haben. Da die Väter früher sich ähnliche Vergnügen gegönnt haben, tolerieren sie das Treiben, es herrscht einige Tage lang Narrenfreiheit, die sonst geübte strenge Ordnung wird für einmal durchbrochen.

Mit dem sogenannten ‚Ewigen Landrecht'
wurden die Beziehungen zwischen der Tal-
schaft Urseren und dem alten Kanton Uri neu
geregelt, Urseren bekam damit eine weitge-
hende Selbständigkeit. Der Vertrag wurde
1410 abgeschlossen, mehrmals erneuert und
wird in der Korporation Ursern und im Landgericht Ursern bis heute weiter geführt. Zu
Recht ist die Bevölkerung stolz auf diese Ei-
genständigkeit.

Liberius Simmen wird in den Talrat, die
oberste Verwaltungsbehörde der Korporation
gewählt. «Jetzt wirst du berühmt», sagt sein
Nachbar Franzsepp und fügt bei: «Ich bin ein
Bauer ohne viel Landbesitz. Dass meine Tiere
auf dem Land der Korporation weiden können,
schätze ich sehr.» Liberius betont: «Realp ist
kein armseliger Ort hinter den Bergen – wir
haben ja seit 1903 Strom für Küche und Stall,
das macht vieles einfacher. Zudem bringt das

Maschinenhaus Arbeitsplätze. Und vielleicht wird bald auch eine Eisenbahn gebaut.»

Für Liberius ist es eine Ehre, im schönsten Haus in Andermatt an den Korporations-Sitzungen teilzunehmen. Die Aufgaben sind vielfältig: Das Grundeigentum verwalten, Konzessionen erteilen, Richtlinien aller Art erlassen und anderes mehr. Liberius arbeitet gern in diesem Gremium. Sein Berglerstolz ist berechtigt, denn die Korporation Ursern gehört zu den ältesten staatlichen Körperschaften im Kanton. Vor den Sitzungen erklärt er seinen Kindern: «Ich gehe an eine Versammlung ins Rathaus in Andermatt. Wir beraten und bestimmen über vieles, das uns alle angeht.» Dass die Kinder dann Vaters Arbeit übernehmen, ist selbstverständlich. Juli, der immer alles besser weiss, sagt zu seinen Geschwistern: «Der Vater geht zur Korporation. Könnt ihr euch dieses Wort merken? Das sind die Obersten hier, sie sorgen für unsere Alpwirtschaft und verteilen das Land.» «Was muss ich tun, später, damit ich dazu gehöre?» fragt Franz. Die Antwort von Juli ist knapp: «Nie lügen, alle grüssen und gut zum Vieh schauen.»

Der Vater erklärt: «Die meisten Alpen, Wälder, Bäche, Bergseen, Strassen und sogar ein Elektrizitätswerk gehören der Korporation. Holz und Weideland sind hier Mangelware, deshalb teilt man untereinander deren Nutzung; aber es gibt auch Pflichten.» Seine Frau stimmt ihm zu: «Dass Streit innerhalb der Korporation behandelt wird, verhindert viel Umtriebe und Unfrieden.» Als Toni eines Tages mit dem Vater das Vieh auf die Weide treibt, fragt er: «Wie können wir wissen, welche Wiesen uns gehören?» Der Vater: «Bei der Korporation machen wir ab, wer das Land wie lange benützen darf, dafür müssen wir ein Weidgeld bezahlen und die Wiesen pflegen, Steine entfernen, Gehege erstellen. Das gehört dazu.»

Liberius wird Richter am Landgericht Ursern. Er hat grosse Achtung vor diesem Amt und muss sich sorgfältig auf die Gerichtsfälle vorbereiten. Wenn er als Richter nach Andermatt fährt, zieht er eine Kleidung aus gutem Tuch an, und die Kinder sagen zueinander: «Der Vater hat ein Pfarrer-Gesicht.» Seine Frau sagt: «Du und dein Solothurner Freund haben nun ähnliche Aufgaben: Jules ist Amtsrichter und du bist Richter am Landgericht. Trotz der unterschiedlichen Lebensart habt ihr viel Gemeinsames.»

Für den ältesten Sohn Alois ist die Berufswahl klar: Er will Käser werden. Schon als
Knirps hat ihn fasziniert, wie aus Milch Käse
gemacht wird. Dass die Herstellung von gutem
Käse eine Kunst ist, hat er bald begriffen. Seine
Mutter hat aus Ziegenmilch kleine Geisskäse
gemacht, und er half mit. «Käse herstellen ist
eine schöne Arbeit, denn man sieht sofort, was
man gemacht hat. Und man kann das selbst
gemachte Produkt essen», sagt die Mutter.
Früher war das Urserental bekannt für den
eigenen Käse, den Urseler. In der Sennerei sah
Alois als Kind wie viel Genauigkeit es braucht,
um einen guten Käse herzustellen. Dieses
Handwerk will er lernen, und der Vater ist
stolz auf die Berufswahl seines Sohnes und
betont: «Als Käser findest du immer Arbeit, in
städtischen wie ländlichen Gebieten.»

Alois bewirbt sich als Käserlehrling bei einer Genossenschaft in Zürich. Die Geschwister

wundern sich und fragen: «Warum gehst du so weit weg? Auch in der Nähe würdest du eine Stelle finden.» Alois erklärt, die Berge und die Bergler kenne er nun, er wolle mal das Leben in einer Stadt erleben. «Warum in Zürich?» fragt man ihn, denn diese Stadt mit dem Kreis Cheib gilt als suspekt. Aber Alois lässt sich nicht von seinen Plänen abbringen. Er reist eines Morgens voller Unternehmenslust nach Zürich. Auf der Fahrt kommt Alois ins Träumen: Wenn ich mal einen Beruf habe.... Wenn ich mal heirate und Kinder habe... Er sieht sein Leben im schönsten Licht.

In Zürich hat er ein einfaches Zimmer im Kreis 5 gemietet. Sofort geht's weiter zur Milch Genossenschaft, bei der er eine Stelle antreten kann. Man sagt ihm, er könne gleich anfangen, und nach wenigen Minuten erhält er die Arbeitskleidung. Der Anfang ist hart. Alois ist der Laufbub, er muss ungeliebte Arbeiten verrichten, putzt riesige Käsekessel, reibt die Geräte blank, wischt die Böden, trägt Ware aus. Eigentlich hat er sich alles anders vorgestellt. Aber er ist strenge Arbeit gewohnt. Man ist zufrieden mit ihm und er darf bald selbständig arbeiten. Im ersten Brief an seine Eltern schreibt er: «Es geht mir gut. Ihr müsst Euch keine Sorgen machen. Ich freue mich aufs Heimkommen in einem halben Jahr.»

Im Kreis 5 begegnet er einer exotischen Welt. Das Quartier vibriert: Da sind Einheimische, Fremde, Nachtschwärmer, leichte Mädchen, Halb-Kriminelle, Propagandisten, junge Aufmüpfige und alte Haudegen. Man hört alle Sprachen; Zürich ist international. Alois staunt über die vielen Cafés und Restaurants, es wird viel getrunken, das Geld scheint zu fliessen. Der Realper ist nicht gewohnt, Geld auszugeben, davon hat er ja auch nicht viel. Damals war es üblich, dass die Auswanderer einen Teil ihres Lohns den Eltern abgeben mussten. Alois schickt regelmässig die Hälfte seines Gehalts nach Realp, sorgfältig legt er die Abrechnung mit den Lohnangaben dazu.

Gern streift er durch Zürich und besucht Tanzanlässe. An einem solchen Abend fasziniert ihn ein Geigenspieler. Er mietet ein Instrument und will sich das Geigenspiel selber beibringen, denn für Musikstunden hat er kein Geld. Enttäuscht muss er dieses Ansinnen bald aufgeben.

Am liebsten besucht er die Anlässe der Pfarrei St. Josef, das katholische Umfeld ist ihm vertraut. Hier lernt er die junge Zürcherin Paula kennen. Sie ist unternehmungslustig, hat die Handelsschule besucht, das war damals nicht vielen Frauen möglich. Alois liebt das Besondere, ihm gefällt die junge Frau. Auch Paula findet Gefallen an dem breitschultrigen Bergler, der sich von den ihr bekannten jungen Zürchern unterscheidet, er ist seriöser, ernsthafter, bodenständiger. Die beiden heiraten.

Alois möchte in den Kanton Uri zurückkehren und dort als ausgebildeter Käser arbeiten. Aber Paula will nicht in den Bergen wohnen, sie ist ein Stadtkind und sagt: «Das Gebirge ist eine fremde Welt für mich.» Nach manchen Diskussionen bleibt der Realper seiner Frau zuliebe in Zürich, und die beiden mieten einen Quartierladen mit einer Wohnung im oberen Stock. Paula liebt Handel und Verkauf, das ist ihre Welt, und im Zürcher Arbeiterquartier ist sie in ihrem Element. Alois unterstützt jeweils abends seine Frau, er schleppt Kisten und Schachteln und hilft beim Aufräumen.

Die beiden bekommen einen Sohn, Alfred, sie ermöglichen ihm eine gute Ausbildung. Zudem darf er jedes Jahr zu Lisa ins Urserental in die Ferien und kann nach Herzenslust Sport treiben. Als Alfred das Maturazeugnis im Sack hat, an der Universität Zahnmedizin studiert, erfolgreich abschliesst, eine Studienkollegin heiratet und eine eigene Praxis eröffnet, ist Alois zu Recht stolz auf seinen Sohn, und von Herzen freut er sich an seiner ersten Enkelin. Jetzt widmet er sich mit zunehmender Freude seinem Hobby, dem Singen. Im Quartierchor werden die damals bekannten Lieder eingeübt, deren Text er längst auswendig kennt. In den alten Liedtexten, die etwa vom ‚Wanderer in der Nacht' berichten, kann er seinen Gefühlen Ausdruck geben. Hier findet er Freunde, die ihm zuhören, hier fühlt er sich heimisch.

Mit zunehmendem Alter fühlt sich Alois in der Stadt eingeengt. ‚Dieser Verkehrslärm ist entsetzlich', sagt Alois vor sich hin, wenn er sich im Feierabendverkehr von der Arbeit nach Hause begibt. Er würde lieber Bergspitzen in der untergehenden Sonne statt Hausdächer sehen. Er ärgert sich über sich und denkt: Warum muss ich den alten Zeiten nachhängen? Ich habe einen Beruf, eine Familie, ein Geschäft. Aber in seinem Innersten rumort es, er bekommt seine Sehnsucht nicht in den Griff. Das Urserental verkörpert für ihn sprudelndes Leben mit den verschiedenen Stimmungen im Dorf, mit dem anregenden, stets lauten Zusammensein mit den Geschwistern, mit der

Freude am Singen. Er kriegt die Bilder vom Urserental nicht aus dem Kopf.

Seine Sängerkameraden sehen, dass der sonst gut gelaunte Alois immer ruhiger und in sich gekehrter wird. Nach kurzer Krankheit stirbt er mit 62 Jahren.

Die zweitälteste Tochter Anna will Hebamme werden. Sie durfte einmal miterleben, wie sich eine Mutter über ihr eben geborenes gesundes Kind gefreut hat und in diesem Hochgefühl alle Schmerzen vergessen konnte. Sie war erschöpft, müde, aber von Glück erfüllt. Damals gaben die Hebammen jahrhundertealtes Wissen weiter, assistierten bei der Geburt und sprachen den Müttern Mut zu. Ein Arzt war nicht zur Stelle, das war nicht üblich. Es waren die Hebammen, welche die gebärenden Frauen betreuten und für das Neugeborene sorgten. Die Familie betete unterdessen für eine glückliche Geburt. Denn oft gab es Komplikationen, mit denen niemand gerechnet hatte. Heutiges medizinisches Wissen fehlte. Eine Geburt – ein im Grund glückliches Ereignis – war oft belastet und belastend.

Anna weiss, dass die Hebammen weitum geachtete Frauen sind, deren Rat und Hilfe dankbar angenommen wird. Das geht ihr nicht mehr aus dem Kopf. Sie möchte mithelfen, gesunde Kinder auf die Welt zu bringen und sagt: «Das ist der schönste Beruf, den es gibt! Jede Geburt ist ein Wunder.» Dass die zuständige Hebamme altershalber ihren Beruf aufgeben will, bestärkt Anna in ihrem Berufswunsch. Die Eltern machen bedenkliche Gesichter. Wer soll die Ausbildung bezahlen? Anna müsste wegfahren, an eine Schule in St. Gallen, das würde Geld kosten. Der Vater wendet sich an seinen Freund Jules in Solothurn, der ihm schon oft geholfen hat. Jules findet Annas Berufswunsch grossartig und will die Schulkosten übernehmen. So darf Anna die Ausbildung zur Hebamme machen, und das ganze Dorf ist stolz darauf. Sie reist nach St. Gallen, ist voller Energie und Lernfreude. Auch in Zukunft soll es den schwangeren Frauen gut gehen, es sollen gesunde Kinder geboren werden, dafür will sie sorgen.

Aber alles ist anders, als sie sich vorgestellt hat. Die zukünftigen Hebammen sind Putzhilfen, sie müssen den ganzen Tag Spitalzimmer putzen, die Ausbildung findet auf kleinstem Niveau statt. Anna ist enttäuscht, sie hat sich die Schule anders vorgestellt. Zu den jungen Frauen in der Hebammenschule hat Anna keinen Zugang, sie bleiben ihr fremd und sie hat Mühe, Kontakte zu knüpfen. Aber sie ist wissbegierig, möchte alles über Geburtshilfe lernen, dürstet nach Informationen. Es sind nicht nur die schmucklosen Mauern der Schule, die Anna beelenden. Es ist die Kälte ringsum, die mangelnde Herzlichkeit der Lehrerinnen und Mitschülerinnen. Zum Lernen hat sie keine Zeit. Sie schreibt in einem Brief: «Einen solchen Betrieb habe ich noch nie gesehen. Hier kann man das nicht lernen, was ich dringend brauche: Die Hilfestellung bei Geburten. Und die Schulbücher kosten zu viel».

Anna vermisst ihre Familie, das Dorf Realp, die Weite des Urserentales, das Leben in den

Bergen. Sie hat Heimweh und wird krank, heimwehkrank. In der Schule weiss man nicht, was man mit der kranken jungen Frau anfangen könnte. Als es Winter wird, verfällt sie in eine Depression. Sie vermisst ihre Geschwister, das Zusammenleben mit ihnen, das nie langweilig war, die Eltern fehlen ihr. Der Beruf einer Hebamme ist in weite Ferne gerückt. Anna bekommt eine Hirnhautentzündung, muss ins Spital, man kann ihr nicht helfen. Die Spitalleitung schreibt Annas Vater einen Brief, und die kranke Anna wird mit einer Begleitperson im Zug nach Andermatt gebracht. Annas Familie ist von Sorge erfüllt.

In Andermatt wartet Vater Liberius mit einem Fuhrwerk, das er ausgeliehen hat, auf seine Tochter. Jung und gesund ist Anna von Realp weggefahren, mit vielen Plänen, voller Optimismus. Jetzt muss der Vater seine Tochter als krankes elendes Bündel in Empfang nehmen und in einem ratternden Fuhrwerk nach Realp zurück bringen. Im Urserental ist noch

Winter, die Wege sind verschneit, immer wieder fallen Flocken vom Himmel. Schwarze Krähen fliegen auf, es scheinen Unglücksboten zu sein. Es ist kalt. Liberius sieht, wie Anna leidet, wie bleich sie ist, wie mühsam sie atmet. Ihm, der niemals weint, rinnen Tränen über die Wangen. «Es war der schlimmste Weg meines Lebens», schreibt er später in einem Brief. Trotz der liebevollen Pflege zuhause stirbt Anna mit 26 Jahren. In Realp zeigen alle ihre Anteilnahme, das Dorf versinkt in Trauer. Niemand kann es begreifen, Anna war eine Hoffnungsträgerin. Da in der Familie das Trauern und Weinen kein Ende nimmt, sagen Liberius und Maria ihren Kindern: «Wir sind alle traurig. Aber Anna hätte das nicht gern gesehen. Wir müssen Rücksicht nehmen auf den Jüngsten, den neunjährigen Franz. Er wird ja ganz erdrückt von unserem Schmerz. Wir müssen weiterleben wie vorher, das hätte Anna sich gewünscht.»

12 Er zog aus, um das Glück zu finden

Alfred, der zweitälteste Sohn von Liberius und Maria soll nach dem Rat seiner Lehrer das Kollegium in Altdorf besuchen, denn er hat lauter Einser im Zeugnis. So sitzt er eines Tages mitten unter Gleichaltrigen in den Schulräumen des Kollegiums Karl Borromäus in Altdorf. Alfred ist beeindruckt. Die andern sind gut gekleidet, am Werktag so wie er selbst am Sonntag. Er fühlt sich hier fehl am Platz, fällt auf mit seinen grob gewobenen Hosen, den Bergschuhen, dem einfachen Kittel. Die Internatsschüler kommen aus besseren Familien, sprechen andere Dialekte, mit dem Urschner Dialekt fällt Alfred aus dem Rahmen. Um weniger aufzufallen, spricht er einen gemässigten Urnerdialekt – nie mehr in seinem Leben wird er in die Urschner Mundart zurückfallen. Von den Buben aus besseren Kreisen wird er schräg angeschaut, man lacht hinter seinem Rücken. Zudem ist er nicht mehr Klassenbester, das beschäftigt ihn. Die neuen Fächer

Zeichnen und Geometrie sind ihm fremd, er sieht deren Sinn nicht ein. Glücklicherweise verfügt er über Körperkraft, im Turnen macht er den anderen einiges vor, er kann gut rechnen und hat eine schöne Schrift. Er beisst sich durch und schliesst nach 3 Jahren mit guten Noten ab. Was nun? Zurück ins Bergdorf kann er nicht, da hat es keine Arbeit für ihn. Sein Vater sagt: «Du musst in Altdorf eine Stelle finden und einen Beruf erlernen.»

Das passt Alfred, denn er hat einen Traum. In schneereichen Wintern im Urserental hat er die Lawinengefahr hautnah miterlebt. Deshalb möchte er Lawinen-Verbauungen planen und ausführen. Er meldet sich beim Altdorfer Baugeschäft Baumann und wird angestellt. Mit seinem Ziel vor Augen setzt er sich bei allen Bauarbeiten ein; er fällt auf durch Fleiss und Eifer und macht Überstunden. Viele seiner Mitarbeiter sind Italiener, und im Nu hat Alfred die Sprache gelernt. Bald steigt er auf zum Bauführer, und das ist genau das, was er angestrebt hat. Er lernt Auto fahren und fährt als Erster im Kanton einen Lastwagen. Gute Manieren, Arbeitseinsatz und Kommunikationstalent fördern seine Karriere. Zunehmend fühlt er sich im Hauptort wohl, er findet Kontakt zu Gleichaltrigen und geniesst das Leben im Hauptort; denn hier hat es kulturelle Anlässe, die ihm zusagen.

Als Bauführer arbeitet er auch beim Kraftwerkbau in Amsteg und logiert im Hotel Baumgarten. Da er gewohnt ist, sich die Zeit mit Singen zu vertreiben, hört man schon am Morgen seine Stimme. Im Hotel begegnet er der jungen Wirtstochter Marily – sie fällt jedem Gast auf. Denn sie ist bildhübsch und ausserordentlich flink, in Windeseile deckt sie die Tische und ebenso schnell kann sie alles wieder abräumen. Es ist eine Lust, ihr dabei zuzusehen. Sic hat viele Verehrer; junge Männer pilgern vom Talboden her nach Amsteg zur schönen Wirtstochter, sie jassen und versuchen, mit Marily und ihrer Schwester Anneli anzubändeln. Die beiden jungen Frauen fahren hin und wieder in die Stadt, um sich neu einzukleiden, sie tragen die neuesten Frisuren, gehen zum Fotografen, dürfen sich Schmuck kaufen. Daheim geniessen sie ihr Zusammensein, trotz oder wegen ihrem ganz unterschiedlichen Charakter. Anna ist quirlig, lebenslustig und immer für einen Spass zu haben, Marily ist ernster und zurückhaltender. Im Hotelbetrieb ist sie in ihrem Element, zudem betreut sie den angegliederten Dorfladen.

Eines Tages sitzt der junge Bauführer Alfred im Restaurant bei einer Jassrunde, aber das Jassen ist ein Vorwand. Er ist wegen Marily da, aber er sieht, dass ihr auch andere Männer schöne Augen machen, junge Leute mit Zukunft. Ob er, der Realper, eine Chance hat? Er hat seine Zweifel. Alfred ist verliebt, aber es scheint aussichtslos zu sein. Marily ist für jeden Urner eine gute Partie, sie ist aus gutem Haus, der Vater ist Regierungsrat. Alfred denkt Tag und Nacht über seine erste Liebe nach - er möchte Marily heiraten, um alles in der Welt. Er besinnt sich auf seine eigenen Stärken. Als Bergbub hat er gelernt, andere bei der Arbeit zu unterstützen, das zu erledigen, was sich aufdrängt. Er hilft der jungen Frau abends beim Aufräumen in der Wirtschaft, schickt die Gäste heim, wenn es Zeit ist, schliesst das Restaurant, stellt die Stühle hoch und übernimmt Putzarbeiten. Jeden Abend. Er gibt nicht auf. Marily schätzt seine Hilfsbereitschaft, denn er ist der Einzige, der ihr zu später Stunde hilft und in der Gaststube bleibt. Eines Tages sagt Marilys Mutter: «Ihr beide kommt mir vor wie ein Liebespaar.» Alfred gefällt diese Bemerkung, die ihm rasch zu Ohren kommt, über alle Massen. Beide spüren, dass etwas anders geworden ist zwischen ihnen.

Eines Abends will ein betrunkener Gast das Restaurant nicht verlassen, er wehrt sich mit Händen und Füssen. Alfred packt ihn und stellt ihn kurz entschlossen vor die Türe, und man hört, wie er draussen laut flucht und schimpft.

Alfred und Marily brechen in Gelächter aus, die Situation ist allzu komisch. Zum Dank spendiert die junge Frau ihrem Helfer ein Glas Wein, und beide sitzen zufrieden am Wirtshaustisch. Es ist still im Restaurant. Da überfällt sie die Liebe.

Alfred sieht eines Tages in der Zeitung ein Inserat: Mitten in Altdorf ist ein Lebensmittelladen zu mieten oder zu kaufen. Er überredet Marily, mit ihm nach Altdorf zu fahren für eine ,Besichtigung', es sei ein Geheimnis. Die beiden schauen sich das Haus mit dem Laden an: Ein dreistöckiges solides Haus mit grünen Läden, mit einem kleinen Garten. Mitten im Dorf, unter der Pfarrkirche, gegenüber dem Gemeindehaus, rechts die Bäckerei, links Milch- und Blumenläden. Beide verlieben sich auf Anhieb in dieses Haus und schmieden Pläne. Willst du? Wollen wir? Können wir es wagen? Hier wohnen, hier leben, eine Familie gründen? Ein eigenes Geschäft war schon immer Marilys

Traum, und sie hat grosse Lust, in Altdorf, dem Ort der kulturellen Ereignisse zu wohnen.

Rasch werden sie mit der alten Besitzerin handelseinig. Die beiden heiraten. Marily führt erfolgreich das Geschäft zusammen mit ihrer Schwägerin Dora, es wird in Altdorf bald ein Geheimtipp. Als Alfred im eigenen Geschäft gebraucht wird, gibt er seine Stelle als Bauführer auf. Damals ahnte niemand, dass dieses Haus Lebensmittelpunkt für sieben Kinder und mehrere Angestellte wird.

Als sich Alfred einer Operation unterziehen muss, stellt er mit Befriedigung fest, dass die Familie das Geschäft in seinem Sinn weiter führt. Er stirbt mit 66 Jahren. Die grosse Anteilnahme der Dorfbevölkerung ist eindrücklich.

Die älteste Tochter Marie interessiert sich schon als Kind für Heilmittel aus der Natur. Ihre Mutter sagt: «Bei uns wachsen dank dem speziellen Klima viele Heilpflanzen. Mir fehlt die Zeit zum Suchen von Kräutern.» Marie sagt: «Das übernehme ich!» und geht auf die Suche. Zuhause werden die eingesammelten Pflanzen begutachtet, getrocknet oder eingelegt. Eines Tages sitzt Marie am Wegrand, ihre kleine Schwester an der Seite spielt mit Steinen, sie aber schliesst die Augen, denn sie hat einen strengen Arbeitstag hinter sich. Die Dörflerin Lisi, die ,Dorfhexe' genannt wird, kommt vorbei, schaut Marie von oben bis unten an und sagt: «Du lebst nicht mehr lange.» Marie erschrickt, nimmt die kleine Schwester bei der Hand und stolpert heimwärts. Zuhause beginnt sie zu frieren, sie zittert, die Zähne klappern aufeinander. «Du hast Schüttelfrost», sagt die Mutter, schickt Marie ins Bett, deckt sie zu, bringt heissen Tee und fragt: «Was ist passiert?» Marie erzählt von der Weissagung, die Mutter ärgert sich über Lisis Gerede und sagt: «Du darfst nicht alles ernst nehmen, was Leute sagen, oft ist es dummes Geschwätz.» Dieser Satz wird Marie ihr Leben lang begleiten.

Als die jährliche Dorfmetzgete im Herbst vorbei ist, darf Marie dem Pfarrer ein Stück Fleisch bringen. Das ist üblich in Realp, denn Angehörige des Kapuzinerordens leben hier bescheiden und sind froh um jede Gabe. Da kommt Lisi daher, Marie hat die Prophezeiung nicht vergessen, bekommt es mit der Angst zu tun und flüchtet ins Pfarrhaus. «Was ist denn mit dir los?» fragt der Pfarrer. Es platzt aus Marie heraus: «Ich werde nicht mehr lange leben. Das hat Lisi gesagt.» Der Pfarrer erklärt, den dummen Spruch soll sie möglichst schnell vergessen, Lisi sei eine Klatschtante. Dann meint er: «Natürlich müssen wir auf unsere Gesundheit achten, das tun nicht alle hier.» Er nimmt ein Buch hervor, in dem Heilkräuter abgebildet sind und sagt: «So viele Heilkräuter wie im Urserental gibt es nicht überall.» Marie fragt, ob sie das Buch heimnehmen dürfe. «Ja, wenn du es zurückgibst», lacht der Pfarrer.

Marie versteckt das Buch unter einer Matratze und liest darin, wenn sie Zeit hat. Auf ihrer Kräutersuche findet sie eine reiche Auswahl: Augentrost, Frauen- und Silbermänteli, Arnika, Kamille, Salbei, Huflattich, Brennnesseln und vieles mehr. Sorgfältig vergleicht Marie die Fundstücke mit den Bildern im Buch. Bei Beschwerden wird Tee gekocht, es werden kalte oder heisse Wickel gemacht, man reibt mit einer Tinktur die Glieder ein. «Wir haben im Haus eine Kräuterhexe» spotten Maries Brüder. Das macht Marie keinen Eindruck, denn wenn den Buben etwas weh tut, kommen sie zu ihr, und meistens weiss sie Abhilfe. Auch die Dorfleute fragen sie hie und da um Rat und sagen: «Marie ist unsere Frau Doktor».

Eines Tages ist Vater Liberius sehr bedrückt, mit unsicherer Stimme sagt er: «Die Frau meines Cousins Jules ist gestorben. Traurig, unfassbar, drei kleine Buben, der Jüngste ist erst ein Jahr alt, sie haben die Mutter verloren.» Alle schweigen betroffen. Der Vater blickt Marie an: «Jules fragt an, ab du seinen Haushalt und die Erziehung der Buben übernehmen könntest. Du müsstest nach Solothurn ziehen.» Marie findet vor Überraschung keine Worte, sie hat wechselnde Gefühle: Beklommenheit, Angst, Spuren von Freude und Stolz. Sie, gerade sie wird mit ihren erst 18 Jahren um Hilfe gebeten? In der schlaflosen Nacht fragt sie sich: Wie kann ich meine Familie verlassen? Und die Arbeit in einem grossen Haus mit Kindern bewältigen? Am Morgen sieht ihre Mutter, dass in Maries Augen etwas Neues aufleuchtet: Abenteuerlust, Wissensdurst, Neugier. Sie hat verstanden, dass ihre Tochter die Stelle bei Jules annehmen wird und setzt sich auf die Holzbank hinter dem Haus. Das macht sie dann, wenn sie nachdenken muss. Mit dem Wegzug von Marie würde sie ihre Stütze bei der Arbeit im Haus und mit den Kindern verlieren. Aber sollte sie nicht ihrer Tochter diese Chance gönnen? Die Arbeit in einem prächtigen Haus in der Stadt, der neue Lebensabschnitt? Sie sagt ihrem Mann: «Ich denke, Marie will diese Gelegenheit packen.» Die Eltern besprechen mit ihrer Tochter, was zu tun ist. Der Vater sagt, sie könne wieder heimkommen, wenn ihr die neue Stelle nicht entspräche.

Marie packt ihre Siebensachen zusammen, diese Angelegenheit duldet keinen Aufschub. Als sie in Solothurn ankommt, steht Jules mit den Buben am Bahnhof. Als Marie die Kindergesichter sieht, die zu ihr aufschauen, ist sie gerührt, in ihr erwacht Mitleid: So kleine Kinder ohne Mutter? Sie nimmt sich vor, alles zu tun, was möglich ist, damit die Kinder sich wohl fühlen. In der Villa bestaunt sie die vielen Räume, die schönen Möbel, die Blumen vor dem Haus, ihr eigenes Zimmer mit Blick auf den Garten. Ohne Umschweife beginnt sie mit der Arbeit, prüft die Lebensmittel in der Küche und bereitet das Abendessen zu. Sie packt an, und nicht nur am ersten Tag. Sie kocht und putzt, erzählt den Buben Geschichten, wäscht und besorgt die Arbeiten im Garten. Jules ist froh, diese tüchtige junge Frau im Haus zu haben. Eines Tages führt er Marie in ein Modegeschäft in der Stadt. Während er mit dem Besitzer, mit dem er seit langem befreundet ist, Kaffee trinkt, darf Marie Kleider auswählen und Schuhe kaufen. Welcher jungen Frau würde das nicht gefallen!

Marie pflegt den Kontakt mit ihren Geschwistern, regelmässig schickt sie Lebensmittel-Pakete nach Realp und erfährt immer, wie es den Einzelnen geht. Niemand weiss, wie sie das Befinden der Geschwister vernimmt. Unersetzlich für Marie sind die abendlichen Gespräche mit Jules. Da wird besprochen, was gerade ansteht, was die Buben brauchen. Allmählich verändern sich die Dinge im Haus Forst, die Söhne beginnen mit dem Studium, reisen für die Weiterbildung ins Ausland, gehen ihre eigenen Wege. Sie schliessen Freundschaften, verloben sich und heiraten. Unerwartet stirbt Jules Simmen an einem Herzleiden. Für Marie fällt eine Welt zusammen. Sie hat in Jules einen väterlichen Freund gefunden, nun vermisst sie seinen Rat, seine Unterstützung. In den Solothurner Zeitungen wird das Lebenswerk von Jules Simmen erwähnt und sein Engagement als Amtsrichter, Kulturfreund und Wohltäter gelobt. Das erstaunt Marie nicht, hat sie doch selbst seinen Einsatz für andere erlebt. Aber die Villa ist leer ohne Jules. Der Sohn Ruedi hat gerade geheiratet und sucht eine Wohnung. Es ist klar, dass er mit seiner Frau Marcelle in die Villa einziehen kann, es ist ja sein Zuhause.

Marie hat in Solothurn keine Aufgaben mehr, sie ist übrig geblieben. In ihrer Not ruft sie ihre Geschwister an, ihnen kann sie alles sagen, was sie schmerzt. Ihr Bruder Alfred weiss Rat und sagt: «Komm zu uns, wir brauchen dringend eine gute Köchin, auch unsere vier Kinder haben Unterstützung nötig. Du könntest bei uns das schönste Zimmer haben.» So packt Marie nach 25 Jahren Arbeit in Solothurn ihren Koffer und fährt an den neuen Wirkungsort. Zuerst gefällt ihr in Altdorf gar nichts, alles ist fremd, das Wohnen mitten im Dorf, der Betrieb, das Geschäft mit vielen Angestellten. Sie weint viel. Ihr Bruder Alfred und seine Frau wissen keinen Trost. Eines Tages, als Marie weinend in der Stube sitzt, kommt die Kleinste der Familie zu ihr und sagt: «Nicht weinen. Nicht immer weinen!» Marie nimmt das Kind auf den Schoss und lächelt es an. Zu sich selbst sagt sie: Schluss mit der Heulerei. Da sind Kinder, die mich brauchen. Die Eltern sehen, dass die Kleine die heimwehkranke Marie trösten kann wie niemand sonst.

Marie packt mit Elan ihre neuen Aufgaben an. Als passionierte Köchin geniesst sie Zufriedenheit am Esstisch und entdeckt noch andere Vorteile an ihrem neuen Wirkungsort. Sie kann das Dorfleben an ihrem Platz an einem Fenster beobachten, immer hat sie eine Näharbeit dabei. Bislang hat sie noch nie nahe an einem Wald gewohnt, in Realp nicht, in Solothurn nicht, und nun sind es gerade einige Minuten Fussweg zum Bannwald. Sie geht oft mit den Kindern in den Wald, bleibt stehen und sagt: «Spürt ihr die Waldluft? Sie beruhigt und bringt gute Laune.»

Die Familie wächst, zu den ersten vier Kindern kommen noch drei weitere Geschwister hinzu, Marie hat zu tun. Am liebsten haben es die Kinder, wenn Marie von Solothurn und vom Leben in Realp berichtet, gebannt lauschen sie den Erzählungen. Beim Waschen von Kleidern im kalten Wasser der Reuss habe sie rote Hände bekommen, und mit der vielen Arbeit sei man nie fertig geworden. Die Kinder fragen: «Hattet ihr Hunger?» «Nein, wir mussten nie Hunger leiden. Eure Grossmutter schaffte es, immer genügend Essen auf den Tisch zu bringen. Ich habe ihr vieles abgeschaut.»

Der Kontakt mit den Kindern gefällt Marie, und sie fühlt sich bald zuhause. Sie ist der gute Hausgeist, die Zuhörerin, der Kummerkasten, die Verantwortliche für Wäsche und Kleider. Unangefochten sind Maries Kochkünste. Sie erfindet neue Rezepte, die sie später an ihre Nichten weitergibt. Wenn sie zur Fasnachtszeit drei verschiedene Urner Pasteten bäckt, könnte mancher Confiseur neidisch werden. Die Kinder lieben es, wenn Marie dieselben Bücher wie sie liest und sie darüber ins Gespräch kommen. Nicht selten nimmt Marie eine von den Kindern angefangene misslungene Strickarbeit zur Hand, und am Morgen sind die Schulsocken fertig.

Manchmal muss Marie ihre barsche Seite hervorkehren und die Kinder zurechtweisen. Vor allem dann, wenn Unordnung in den Kleiderschränken herrscht. Das mögen nicht alle, einige finden, Marie schimpfe zu viel. ‚Jomerä' hat Marie in Realp kennen gelernt, und hie und da verfällt sie in dieses Wehklagen. Als Marie 60 Jahre alt ist, veranstaltet die Familie für sie ein Fest auswärts, Marie ist der Mittelpunkt und hält eine Ansprache. Wie wichtig für sie das Familienleben in Altdorf ist, wird dann klar, wenn sie für einige Tage in die Ferien reist. Meistens kehrt sie vorschnell heim. Einmal bezahlt ihr Bruder Erholungswochen in Aegeri am See, aber nach einigen Tagen telefoniert Marie. Sie will heimkehren. Die Ferien brachten keine Erholung, und die nun schon erwachsenen Kinder holen die heimwehkranke Marie nach Hause. Dahin, wo sie sich wohl fühlt.

Entgegen der Weissagung der Dorfhexe Lisi konnte Marie sich eines langen Lebens erfreuen, sie stirbt mit 82 Jahren.

Lisa, die drittälteste Tochter, schaut sich gern die Welt an, etwa in Fribourg, wo sie zusammen mit ihrer Schwester als Haushälterin arbeitet. Als ihre Mutter stirbt, ist Lisa 22 Jahre alt. Sie wird vom Vater gebeten, ihre Stelle zu verlassen, nach Hause zu kommen und sich um die jüngeren Geschwister zu kümmern. Das erweist sich als glückliche Fügung, denn sie lernt Karl Simmen kennen, der in Andermatt als Festungswächter eine gute Stelle hat. Gegen zweihundert Männer finden in dieser Zeit beim Militär Arbeit, die verschiedensten Berufe sind vertreten. Andermatt gilt als Heimat der Festungswächter, und die Angestellten erhalten Weiterbildungen auf verschiedenen Gebieten. Lisa und Karl heiraten, sie bekommen sechs Kinder. Als ausgezeichneter Jäger ist Karl im Herbst in Hochform; wer die Leidenschaft der Jäger kennt, der weiss, was ihnen Jagd bedeuten kann.

Lisa erlebt, dass das Dorfleben in Andermatt sich vom Alltag in Realp unterscheidet. Sie sagt ihrer Schwester Dora: «Du glaubst nicht, was in der Saison hier los ist. Ski- und Tourenfahrer und Schlittschuhläufer streifen durchs Dorf, in den Gassen wimmelt es von Gästen, wir haben viel Militär, in den Restaurants ist Hochbetrieb, am Abend ist überall Tanz. Die Andermatter vermieten Zimmer und Wohnungen und verdienen nicht schlecht.» Lisas Haus wird bald zum Feriendomizil ihrer Nichten und Neffen, ihre Grosszügigkeit kennt kaum Grenzen, alle sind willkommen. Heute kann man sich kaum vorstellen, wie sie – zu ihren eigenen fünf Kindern – noch Feriengäste unterbringen und bewirten konnte. Aber damals war man unkompliziert. Und Schnee, Skifahren, Schlittschuhlaufen und Tanzvergnügen lockten die Jugend an. Ein regelmässiger Gast ist Neffe Alfred aus Zürich, und noch ein Kind mehr gesellt sich zu den eigenen sechs Kindern, der kleine Bruno aus Fribourg. Er hat gesundheitliche Probleme, und seine Mutter Bertha hofft, ein Aufenthalt in den Bergen würde ihm gut tun. Berthas Kinder mögen es, noch einen kleinen Bruder zu haben.

Als Lisa einmal die Alpenrosen-Felder in voller Pracht sieht, hat sie die Idee, die begehrten Blumen an Floristen in der Stadt zu schicken. So pflücken Lisas Kinder Alpenrosen, bündeln und verpacken sie und bringen sie auf die Post. Manchmal bieten sie Blumensträusse auch den Touristen an. Das ist ein kleiner Zustupf zum Haushaltungsgeld. Als Realperin weiss Lisa einiges über das Dorf Andermatt, jetzt werden ihr weitere Details erzählt. Es heisst, anfangs des 20. Jahrhundert seien die ersten Skilifte gebaut worden, Andermatt habe damals zu den besten Adressen im Tourismus gehört, es sei geradezu mondän gewesen, da Ferien verbringen zu können. Ein Glücksfall sei der Einzug des Militärs gewesen, mit Anfängen im Jahr 1885 und mit ständigem Ausbau des Standortes. Ein alter Andermatter erzählt: «Die

Bahn von Andermatt nach Göschenen und die Furka-Oberalp-Bahn dienten vor allem den Transporten der Armee – wir haben davon profitiert.» Tourismus wie Armee waren beliebte Arbeitgeber.

Lisa und ihre Familie erfahren vom erneuten Vorhaben, das Urserental unter Wasser zu setzen um Strom gewinnen zu können. Davon war schon früher die Rede. Nun ist der geplante Stausee wieder ein Gesprächsthema und man sagt, alle im Urserental würden umgesiedelt. Davor hat man Angst, denn ‚Neu-Andermatt' ist geplant, das Urserental soll im Stausee versinken. Aber niemand will das Tal verlassen. In der Bevölkerung wächst der Ärger, der sich bis zur Wut steigert. Man fragt sich im Dorf: Warum hier? Warum gerade wir? Und man ruft an den Veranstaltungen ‚Pro Stausee': «Nicht mit uns! Wir lassen das mit uns nicht machen.» Grossspurig heisst die Antwort, das wäre eben ein Kraftwerk der Superlative. Lisa hört mit Genugtuung, dass Andermatt, Hospental und Realp zusammen hielten. Niemand hat mit dem Volkszorn gerechnet. Ein Ingenieur wollte in einem Hotel das Stausee-Projekt vorstellen und empfehlen. Aber etwa 200 Männer waren vor dem Lokal versammelt und trieben den Stausee-Befürworter bei Nacht und Nebel die Schöllenen hinunter. Dies wurde in den Nachrichten als ‚Krawall von Andermatt' bezeichnet, man staunte über das Durchsetzungsvermögen der Urschner. Das Projekt wurde zu Fall gebracht, bald wurde es eine Geschichte, welche Grosseltern den Enkeln erzählten.

Am meisten beschäftigen Lisa und Karl die Weiterbildung ihrer Kinder. Mit Erfolg. Alle werden tüchtige Berufsleute. Bertha und Karl haben den Mut, im Jahr 1950 ein eigenes Haus zu bauen, um mehr Platz für Kinder und Enkelkinder zu haben. Es ist ein grosses Glück für Lisa, dass sie noch neun Grosskinder in den Armen halten darf. Sie erlebt noch, dass ihr ältester Sohn Max mit seinem Lebensmittel-

Laden in Realp zur Lebensqualität in Realp beiträgt.

Lisa stirbt mit 71 Jahren. Dass ihr Sohn in den Talrat und zum Talammann gewählt wird, erlebt sie nicht mehr – es hätte sie gefreut.

In Realp zu bleiben, wenn es das Einkommen zuliess, hatte im letzten Jahrhundert auch Sonnenseiten. Man traf sich in einer Stube zum Jassen, vergnügte sich mit Spielen, tanzte und hörte Musik. Die Vereine florierten. Singen war so beliebt, dass zuweilen junge Männer am Sonntagabend im Kreis standen und bis spät in die Nacht hinein sangen. Zur Fasnachtszeit bastelte man sich mit einigen Handgriffen ein Kostüm und begab sich in die Stube, die gerade zur Verfügung stand.

Dem drittältesten Sohn Juli ist nicht nach Auswandern zumute. Er folgt den Spuren seines Vaters, wohnt im Welschhuus, wo er aufgewachsen ist und übernimmt dieselben Tätigkeiten wie sein Vater, er wird Strassenmeister, Landrat und Hüttenwart in der Rotondohütte. Er verfügt über eine unerschütterliche Ruhe, er ruht in sich und lässt sich nicht leicht aus dem Konzept bringen. Er hätte allen

Grund dazu – stirbt doch seine Frau Klara mit 43 Jahren und er steht mit fünf Mädchen und einem Sohn allein da. Es folgt eine Zeit voller Trauer und Unsicherheiten.

Nach dem frühen Tod der Mutter übernehmen die sechs Kinder den Haushalt und arbeiten wie Erwachsene. Doch es ist zu viel für sie. Juli bittet ein Sozialwerk um Hilfe. Für die Erziehung der Kinder und die Hausarbeit wird ihm die Sozialarbeiterin Carla geschickt. Sie ist eine Tessinerin, eine temperamentvolle Frau mit ungewohnten Ideen und einer kaum zu bändigenden Reiselust. Juli verliebt sich, er ist offen für die Pläne der ungewöhnlich aktiven Frau, die beiden heiraten und nehmen noch ein Kind an. Für Julis Kinder ist es schwierig, die ihnen fremde Frau als Mutter zu akzeptieren. Nur die älteste, Maria, bleibt in Realp, die andern ziehen früh weg und finden ihren Lebensweg auswärts. Noch ist es Juli vergönnt, seine Grosskinder in den Ferien um sich zu haben. Dabei strahlen seine Augen jene

Herzlichkeit aus, die allen, die ihn kennen, im Gedächtnis bleibt. Er stirbt mit 86 Jahren.

Fina, das sechste Kind von Liberius und Maria kann sich nicht vorstellen, das Urserental zu verlassen und in der Fremde zu leben. Es gefällt ihr, dass im Dorf alle einander kennen, und sie geniesst die Nähe zur Natur. Der entfernte Verwandte Roni Simmen verliebt sich in die feingliedrige junge Frau, er erkennt ihre Güte und Hilfsbereitschaft, die kaum Grenzen hat. Fina bleibt im Dorf, das ist die Verwirklichung ihrer Träume. Roni hat als Strassenarbeiter und Hüttenwart in der Rotondohütte einen regelmässigen Verdienst. Daneben kaufen die beiden Ziegen und Schafe, um Milch und Fleisch zu haben. Die Familie wächst, Fina und Roni bekommen fünf Mädchen und einen Sohn. Leider erkrankt Roni so schwer, dass Fina und ihre Kinder auch Männer-Arbeiten übernehmen müssen. Sie tragen eine schwere Last: Zum einen die Pflege des Vaters, der teilweise gelähmt ist, dazu die Arbeit in Feld und Stall. Den Mädchen werden die Ziegen anvertraut. Für eine gute Küche fehlen viele Zutaten, trotzdem gelingt es Fina, mit viel Fantasie gesunde Mahlzeiten auf den Tisch zu stellen. Sie sagt: «Wer die besten Zutaten hat, für den ist Kochen leicht, wenn aber wenig vorhanden ist, wird Kochen eine Kunst.»

Die Gespräche mit ihrem Mann Roni tun seiner Frau gut, denn er ist ein begabter Erzähler. Sein Wissen beeindruckt alle, der Pfarrer kommt oft auf Besuch und nennt Roni ‚unser Realper Philosoph'. Roni stirbt mit 64 Jahren. Die Kinder wollten ihrer Mutter ein schönes, sorgenfreies Alter zu ermöglichen. Aber leider lassen die Kräfte von Fina langsam nach. Sie verschenkte ihr Leben an ihre Familie, jetzt ist sie lebensmüde und stirbt nur 1 Monat nach Roni mit 68 Jahren.

Dora, die jüngste Tochter hat ein sonniges Gemüt, das alle für sie einnimmt. Lebenslustig und voller Neugier und Vorfreude will sie das

Leben auswärts kennen lernen. Zuerst hilft sie ihrem Bruder Alfred in Altdorf in Geschäft und Haushalt. Dann zieht es sie weiter, sie wird in Solothurn Verkäuferin in einem Schuhgeschäft. Sie kann ihre Kunden so bezirzen, dass auch jene, die sich bloss umschauen wollten, mit Schuhen das Geschäft verlassen. Als sie ihren Mann Hans kennen lernt und die beiden heiraten wollen, drückt ein kirchliches Gebot auf ihre Stimmung. Damals war es katholischen Frauen und Männern nicht erlaubt, Andersgläubige zu heiraten. Aber Dora hat die Kraft, das weltfremde und unmenschliche Gebot zu ignorieren und nimmt in Kauf, eine Hochzeit ohne grosse Festlichkeiten zu feiern. Dora und Hans bekommen eine Tochter, ihr zeigt die Realperin, die nun den Solothurner Dialekt angenommen hat, das Urserental. In Solothurn bekommt sie Gelegenheit, ein kleines Lebensmittelgeschäft, einen Tante Emma Laden zu übernehmen. Hier ist sie im Element. Gern betritt man diesen Laden, weil die Frau hinter der Theke so gut lachen kann, völlig unkompliziert ist und über eine positive Ausstrahlung verfügt. Dass sie nebenher noch eine Künstlerin in Handarbeit ist, bleibt lange verborgen.

Es ist für alle ein Schicksalsschlag, dass sie mit 61 Jahren bei einer Narkose sterben muss.

16 Zeughausverwalter mit Charme

Das achte Kind von Liberius und Maria trägt den Namen des Vaters, er wird Liberi genannt: Ein temperamentvoller, fröhlicher Bub, der immer einen Spruch parat hat. Es fällt ihm leicht, zu andern Kontakt herzustellen. Zudem erledigt er die anfallenden Arbeiten in Feld und Stall mit links. Wie allen Geschwistern macht ihm das Lernen Freude, und er wird mit 25 Jahren Gemeindeschreiber und übernimmt verschiedene Ämter im Urserental. Im Militärdienst wird er Adjutant-Unteroffizier, später wählt ihn der Urner Regierungsrat zum Zeughausverwalter in Altdorf. Hier ist er in seinem Element, als geborener Kommunikator kennt er bald alle Urner Wehrpflichtigen. Es zieht ihn immer wieder ins Urserental, in Andermatt hat er ein zweites Zuhause: Hier trifft er Militärkollegen, man politisiert heftig und jasst tagelang.

Ungewöhnlich ist seine Grosszügigkeit. Wenn seine Nichten und Neffen einen Wunsch haben, gehen sie ins Zeughaus, wo sie schon bei der schweren Eingangstüre die laute Stimme von Liberi hören können. Er leiht ihnen das aus, was sie wünschen: Etwa Kostüme zum Theater spielen, ein Zelt für die Ferien. Für die Kinder ist der Aufenthalt im Zeughaus mit den vielen Uniformen ein Erlebnis, und nie vergessen sie den für sie exotischen Geruch im Zeughaus. Weil Liberi ein Herz hat für Schwächere, finden sich gelegentlich auch Bettler im Zeughaus ein. An einem kühlen Novembertag steht ein verlumpter Mann da und brummt: ‚Habe schon bessere Zeiten gesehen.' Mit Sorge betrachtet er seine Schuhe, einer ist kaputt, der andere hat Löcher, die Sohle löst sich. Er denkt an frühere Zeiten, er hatte Geld, viel Geld. Aber er ging Konkurs und verlor alles. Jetzt kommt der Winter. Nun macht er sich auf in den Süden, dort kann er bei einem alten Kumpel wohnen.

98

Ein Freund gab ihm die Adresse des Zeughauses mit dem Hinweis, hier werde ihm geholfen. Kurzfristig. Da steigt Liberi die Treppe hinunter. Er ist müde, freut sich auf den Feierabend. Als er den Verwahrlosten sieht, will er vorbei gehen: ‚Schon wieder so einer. Ich habe keine Zeit, meine Familie wartet.' Aber als er in seine warme Stube gehen will, tauchen Bilder in ihm auf. Er sieht sich als Kind, im Sommer barfuss, im Winter in den Schuhen seiner Brüder, die entweder zu groß oder zu klein waren. Immer schmerzten seine Füsse, bald nahm er es nicht mehr zur Kenntnis. «Du brauchst Schuhe. Komm!», sagt er dem Mann. Beide stehen vor Gestellen mit gebrauchten Schuhen. «Such etwas Passendes aus!» befiehlt der Verwalter. Die Männer wühlen in den Schuhen, greifen ein Paar heraus, machen Witze. Heiterkeit erfüllt den Raum.

«Du brauchst eine Jacke und einen Rucksack», sagt Liberi, und jetzt hält die beiden nichts mehr. Sie durchstreifen die Räume, begutachten Jacken und Säcke, finden warme Socken. Der verlumpte Gast bestaunt Zimmer mit alten Waffen, mit historischen Kostümen. «Wie bist du dahin gekommen, wo du jetzt bist?» fragt der Verwalter seinen Gast. Dieser erzählt: «Meine Eltern besassen ein Wirtshaus, sie hatten kaum Zeit für mich. Ich ging jeder Arbeit aus dem Weg. Schlechte Schulnoten. Dann übernahm ich die elterliche Beiz und trank mit den Gästen. Ich verfiel dem Alkohol verkaufte die Beiz zu einem Spottpreis. Schliesslich wurde ich das, was ich jetzt bin – ein Vagabund. Und du, wie kamst du zu dieser feinen Anstellung?» Liberi sagt: «Bei mir war alles anders. Früh half ich im Bergbauern-Betrieb mit, die strenge Arbeit machte mich stark, die Rekrutenschule war ein Kinderspiel, ich wurde Korporal und Wachtmeister. Schließlich bewarb ich mich um diese Stelle hier als Verwalter. Ich habe eine Tochter und einen Sohn, auf sie bin ich stolz.» – Bevor es eindunkelt, fragt der Gast, wo er übernachten könne. «Geh ins Missionshaus dort drüben», sagt Liberi.

Zuhause sagt seine Frau Antonia: «So spät? Bestimmt hat dich wieder so einer aufgehalten. Das Essen ist kalt.» Liberi erklärt: «Da war einer, der hatte nur einen Schuh. Ich half ihm.» Seine Tochter bedrängt ihn mit Fragen. Sie müsse einen Aufsatz über ihren Vater schreiben, sie wisse nicht, wie das gelingen könnte. Der Verwalter schildert sein Leben, erzählt von Kühen und Ziegen, von Heuen und Emden. Das sei nun wirklich nicht interessant, meint seine Tochter. Ihre Freundin habe vom Vater berichtet, der Gefängniswärter sei und allen sei ein Schauder über den Rücken gefahren. Wie könne sie mit einem Bergbauern auftrumpfen? Ihr Vater sagt: «Mit 25 Jahren war ich Gemeindeschreiber in Realp. Ich habe schon immer gern geschrieben und habe ein gutes Namensgedächtnis» Das Mädchen horcht auf, das tönt gut. Sie staunt oft darüber, dass der Vater alle dienstpflichtigen Männer im

Kanton kennt. «Was macht ein Gemeinde-schreiber?», fragt sie und erfährt, dass der alles aufschreibt, was in der Gemeinde beschlossen wird. «Ja, das macht sich gut in einem Aufsatz», sagt sie und kritzelt einige Sätze. Schliesslich diktiert der Vater den Aufsatz über ihn – das geht schneller. Das merkt ja keiner.

Als Liberi die Schuhe auszieht, sagt er vor sich hin: ‚Schöne, bequeme Schuhe. Passen wie angegossen.' Er denkt an den verwahrlosten Mann. Ohne Schuhe den Winter überleben, das ist nicht lustig. Dann sieht er vor sich die Schränke voller Kleider, Schuhe und Soldaten-zeug in seinem Zeughaus. Langsam blitzt in ihm ein verrückter Gedanke auf: Ich verschenke, so viel ich kann. Vielleicht verschenke ich alles, ein Schmunzeln ist in seinen Mundwinkeln.

Zum Bedauern aller, die ihn gekannt haben, stirbt Liberi unerwartet mit 58 Jahren, an einem Weihnachtstag.

Während die Familie von Liberius und Maria am Heuen sind, fehlt einer der Buben. Es ist Toni, der zweitjüngste Sohn. Die Mädchen lachen und sagen: «Er ist hinter dem Gebüsch und liest.» Am Abend sagt Liberius zu seiner Frau: «Was sollen wir machen, Toni interessiert sich überhaupt nicht für die Landwirtschaft.» Die Mutter nimmt ihren Sohn in Schutz: «Toni ist anders als die andern. Er holt Bücher beim Pfarrer, meistens sind es Legenden. Er ist nicht wählerisch, die Hauptsache ist, dass er etwas zum Lesen hat.» Liberius sagt dem Pfarrer: «Gib dem Bub doch nicht so viel Lesestoff, das hält ihn von der Arbeit ab.» Der Pfarrer nickt und sagt: «Gerade darüber wollte ich schon lange mit dir reden. Man sollte Toni ins Gymnasium schicken, etwa ins Internat in Stans. Er gehört dorthin.» Toni wird gefragt: «Kannst du dir vorstellen, wegzufahren und an einem unbekannten Ort zu studieren? Es ist ein Internat, und man muss aufs Wort gehorchen. Nur während den Ferien darfst du nach Hause.» Toni fragt: «Hat es dort Bücher? Darf ich lesen? Hat es noch andere Buben?» Die Eltern versuchen, ihm so gut wie es ihnen möglich ist das Leben in einem Internat zu schildern, und Toni sagt: «Ja, das würde mir gefallen.»

So kommt es, dass der Realperbub das Studium im Kollegium Stans beginnen kann. Disziplin ist in Stans, wie in allen katholischen Internaten damals, das A und O des Zusammenlebens. Schon vor 6 Uhr früh ist Tagwache, dann folgen Morgengebet, Studium, Messe, Frühstück, Schulbetrieb mit kurzen Erholungspausen, wieder Studium, Abendgebet und frühe Bettruhe. Eine militärische Hausordnung. Gehorsam und Pflichterfüllung haben Priorität, und wenn ein Bub davon abweicht, wird das umgehend den Eltern mitgeteilt. Nicht alle Buben ertragen diesen Schulbetrieb gut, einige leiden ihr Leben lang unter der damaligen strengen Ordnung. Toni schliesst bald

Freundschafen, er begegnet andern Buben, die auch aus Bauernbetrieben kommen, die meisten wollen später Priester werden. Zur Überraschung seiner Familie fällt es ihm nicht schwer, sich in die Hausordnung des Internats zu fügen. Als Bub hatte er erlebt, dass die Arbeit in der Landwirtschaft an Regeln gebunden ist, denn die Tiere brauchen immer zur gleichen Zeit Futter und Pflege.

Obwohl das Internat eine ganz andere Welt ist, kann sich Toni einfügen. Er merkt, dass sich ihm neue Möglichkeiten auftun, liebt Geschichte und Geografie, ist mathematisch begabt, liest gern und das Schreiben geht ihm leicht von der Hand. Dazu kommt sein Interesse an jeder Art Musik, und zu seiner Freude kann er in einem Schülerchor mitmachen. «Vielleicht kann ich hier ein Musikinstrument lernen», sagt er sich, das animiert ihn zu guten Schulleistungen. In den Ferien kehrt er heim und erzählt seinen Geschwistern von seinen Erlebnissen. Alle wundern sich, wie gut sich

Toni in der fremden Umgebung einleben kann. Sein Vater bemerkt: «Toni fand sich schon immer in jeder Situation zurecht.»

Aber Toni kann das Gymnasium nicht mit der Matura beenden. Vater Liberius stirbt plötzlich an einer Herzschwäche, die Schulkosten werden nicht mehr bezahlt. Toni wird heim geschickt, er ist wieder in Realp, ohne Beruf, ohne Zukunft. Um den elterlichen Kleinbetrieb kümmern sich bereits seine Geschwister. In ihrer Sorge wenden sich die Geschwister an den Freund der Familie, an Jules in Solothurn. Sie sagen ihm: «Unsere Schwester Marie wirkt bei dir als Hausmutter und kümmert sich um deine Söhne. Wäre es möglich, dass Toni bei euch leben und eine Ausbildung machen könnte? Wir wissen nicht mehr weiter.» Jules hat sein Versprechen, seinem Realper Cousin beizustehen, nicht vergessen und lädt Toni ein, bei ihm zu wohnen und eine kaufmännische Ausbildung in Angriff zu nehmen. Und Marie will für ihren Bruder Toni sorgen.

Als er mit Sack und Pack in Solothurn ankommt, strahlt sie übers ganze Gesicht.

Toni hat verschiedene Wechsel hinter sich: Vom Bergdorf ins Internat, dann ins Urserental zurück, jetzt wieder in eine andere Umgebung. Seine Schwester versucht, ihm ein Zuhause zu schaffen. Wenn Toni ihr beim Kochen hilft, sagt er: «Du machst die gleichen Bewegungen wie früher unsere Mutter.» Wenn er ihr ins Gesicht blickt, sieht er dieselben blaugrauen Augen, wie sie der Vater hatte, mit dem eigenartigen besorgten Ausdruck. Die drei Söhne von Jules werden seine Freunde. Toni gefällt, dass im Haus Musik eine grosse Rolle spielt, es wird Klavier gespielt und gesungen. Im Städtchen Solothurn fühlt er sich rasch heimisch: Mit derselben Leichtigkeit, mit der er über die Wiesen im Urserental geschritten ist, bewegt er sich in der Stadt. Schnell nimmt er den Solothurner Dialekt an, er mag den Klang, der ans Berndeutsch erinnert, den Urschner Dialekt hat er vergessen. Der Hausherr Jules verschafft ihm eine Anstellung bei einer Bank, er wird rasch Prokurist. Seine Schwester Marie ist so stolz darauf, wie nur eine Mutter stolz sein kann. Toni singt in verschiedenen Chören mit. An den Veranstaltungen und Reisen seines Chores erfreut er seine Kollegen mit einer Schnitzelbank, wie es die Basler lieben. Mit Witz und Humor nimmt er dies und jenes auf die Schippe und man spürt, dass er ein Sprachverliebter ist, einer, der formulieren und dichten kann.

An einem Konzert an der Weltausstellung 1938 in Brüssel trifft er eine temperamentvolle, fröhliche junge Frau. Er verliebt sich in Ottilia, die beiden heiraten und bekommen drei Kinder, die Tonis ganzer Stolz sind. Er ist ein Vater jener Art, die sich jedes Kind wünscht: Besorgt, aber nicht überbesorgt, eine Autorität, aber kein Machtmensch, gescheit, aber nicht besser wissend. Trotz veränderter Lebensumstände hat Toni das Urserental nicht vergessen, etwas vom Zauber der Bergwelt und vom damaligen Leben hat ihn geprägt. Oft fährt er ins Urserental, seinen Kindern vermittelt er seine Vorliebe für Realp und die Berge.

Doch bald müssen sich Familie und Freunde Sorgen machen, denn Toni leidet an einer Herzschwäche, die mit Müdigkeit und Schmerzen verbunden ist. Sein Freund Ruedi Simmen ist Herzspezialist und tut das Menschenmögliche, bei ihm ist Toni in bester ärztlicher Obhut. Alle machen sich Sorgen, jeden Tag wird im Spital nachgefragt, ob es Toni nun besser gehe, seine Kinder spüren die Angst, die in der Luft liegt.

Viel zu früh, mit erst 48 Jahren, stirbt Toni, und alle, die ihn kannten, vermissen ihn bis heute.

Bertha ist 14 Jahre jünger als ihr ältester Bruder Alois. Sie hat einen fröhlichen Charakter. Wer in ihr Gesicht mit dem Wangengrübchen schaut, erblickt etwas Heiteres. Als ob die Sonne durch Wolken scheinen würde. Bertha erlebt, wie ihre Geschwister ihre Ausbildung, ihren Lebensunterhalt auswärts finden. Wenn sie heimkehren, haben sie viel zu erzählen, Bertha hört gebannt zu. Die Geschwister berichten von einem andern Leben, von Glück und Unglück, von einer Vielfalt, die Bertha in Realp nicht erleben kann. Nach der Schulzeit nimmt es sie Wunder, wie es sein wird – das Leben weit weg vom Urserental. Damals war es in bäuerlichen wie bürgerlichen Familien üblich, die schulentlassenen Mädchen als Haushalthilfe in andere Familien zu schicken. Bertha erhält eine gute Stelle bei einer Professorenfamilie, die teils in Altdorf, teils in Fribourg lebt. Bertha hat ihrer Mutter vieles abgeschaut, und ihre Arbeitgeber loben sie für den Einsatz. Der Lohn ist nicht viel mehr als Kost und Logis. Bertha schätzt es, wenn zuweilen ihre jüngere Schwester Dora im gleichen Haushalt Arbeit findet, die beiden jungen Frauen arbeiten einander in die Hände. Sie sind lebenslustig und besuchen in der Freizeit Tanzanlässe – das Tanzen liegt ihnen im Blut. Aber ihr Portemonnaie ist oft leer, manchmal muss ihnen der Hausherr über die Runden helfen.

Hart trifft es Bertha, als ihre Mutter stirbt und ihr dies nicht mitgeteilt wird. Sie kann nicht einmal von ihr Abschied nehmen und an der Beerdigung dabei sein. Wegen einem Missgeschick, für das der Dorfpfarrer verantwortlich ist. Er hat nämlich die Aufgabe übernommen, den Tod von Maria Simmen den weggezogenen Kindern mitzuteilen. Dabei vergisst er Bertha in Fribourg. Der Pfarrer entschuldigt sich wortreich in einem Brief für seinen Fehler, offensichtlich ist ihm das Ganze sehr peinlich. Bertha gerät bei diesem Bescheid durcheinander. Sie trauert um ihre Mutter, und sie muss ihren Tod allein verkraften. Hundert Dinge kommen ihr in den Sinn, das unermüdliche Arbeiten der Mutter, ihre Kochkunst, ihr Humor. In einem Brief schrieb ihr die Mutter: ‚Sei lustig und fröhlich.' Bertha erinnert sich an die gute Stimmung, die sie verbreiten konnte, ohne viele Worte zu machen. In ihrer Gegenwart fühlte man sich eigenartig wohl, – und das wird nie wieder so sein. Bertha fällt in ein seelisches Tief, fühlt sich von allen verlassen. Geld für ein Billett nach Realp hat sie nicht, und ein wenig beneidet sie ihre Geschwister, die näher beieinander wohnen.

Bertha wird nicht mehr ins Urserental zurückkehren können, dort hat sie kein Auskommen. Hat sie nicht nur ihre Mutter, sondern auch die Familie, das Dorf mit Bekannten und Verwandten, das heimatliche Tal verloren? Auf immer? Sie will ihre Geschwister nicht mit Klagen belasten, die haben genug mit dem eigenen Fortkommen zu tun. ‚Ich bin allein auf der Welt', dieser Gedanke verfolgt die junge Frau. Der Hausherrin fallen ihre verweinten Augen im blassen Gesicht auf. Bertha wird ermutigt, sich in der Stadt umzuschauen, in der Pfarrei mitzumachen, Freundschaften zu schliessen. Bertha denkt, das sei leichter gesagt als getan. Aber sie beginnt dann doch, die Stadt zu erkunden und Spaziergänge zu machen. Wenn sie Leute in ihrem Alter sieht, die miteinander Spass haben, in Gruppen zusammen stehen und lachen, dann überfällt sie ihr ganzes Elend. Noch schlimmer ist es, wenn sie junge Familien mit Kindern sieht. ‚Genau das möchte ich auch einmal', sagt sie sich. Nach und nach wird sie sicherer, selbstbewusster. Vom Vater und ihren Geschwistern erhält sie aufmunternde Briefe. Aber niemand kennt ihren Traum: Sie möchte eine Familie gründen, die zusammen hält, in der niemand ausgegrenzt wird, ähnlich, wie sie es in Realp in ihrer Jugend erlebt hat. Sie will nicht ihr ganzes Leben als Dienstmädchen verbringen, sondern für eine eigene Familie sorgen, Kinder aufziehen. Das ist ihr Lebensziel.

An einem Pfarreianlass wird ein junger Mann, Herrmann, auf sie aufmerksam. Ihm gefällt die junge Frau mit dem Grübchenlächeln, und er lädt sie ins Kino ein. Bald einmal macht Bertha ihre Spaziergänge zum Fluss nicht mehr allein, Herrmann begleitet sie, zwei Heimatlose haben einander gefunden. Sie heiraten, es wird ein Fest in einem kleinen Kreis. Als sie eine hübsche Wohnung in der Stadt finden, ist Bertha überglücklich. Ähnliche Glücksgefühle erlebt sie bei der Geburt ihrer zwei Söhne und der zwei Mädchen.

Bertha kann nicht so oft ins Urserental reisen wie sie möchte. Sie ist für ihre sechsköpfige Familie verantwortlich und das Reisen ist teuer. Aber dann bekommt sie unerwartet Besuch von ihren Nichten und Neffen aus dem Urserental. Die Jugendlichen, die ein Welschland-Jahr absolvieren, halten sich in ihrer Freizeit gern bei Bertha auf und finden hier eine Art Heimat. In der Wohnung herrscht nicht nur eine angenehme Atmosphäre, hier ist viel los. Die Cousins und Cousinen haben Temperament und wissen viel zu erzählen. Für Bertha sind die Besuche der Jungen aus dem Urnerland eine Art Ersatz für die fehlenden Kontakte zu den Geschwistern: Die Jungen erinnern sie an ihre Brüder und Schwestern, umgekehrt ist Bertha für die Jugendlichen, die sich auswärts zurecht finden müssen, ein ruhiger Pol, eine Ansprechperson. Gern erzählt Bertha vom Leben als Bäuerin, von der Stimmung im Dorf, dabei sieht man in ihren Augen Lebensfreude, – sie ist wie eine Sonne bei aufziehenden Wolken.

Bertha wird von den Kindern und Verwandten viel Aufmerksamkeit geschenkt, sie wird trotz Herzbeschwerden 75 Jahre alt.

Franz ist der Jüngste von Liberius und Maria, und wie sich zeigt, ist er unter einem Glücksstern geboren. Seine Fröhlichkeit ist erstaunlich, denn er verliert früh seine Eltern, seine Mutter stirbt, als er 9 Jahre alt ist, seinen Vater verliert er mit 14 Jahren, – eine bittere Erfahrung. An die Stelle der Eltern treten seine Geschwister und sorgen für ihn. Ihnen erzählt er seine Erlebnisse, bei ihnen findet er Halt, seine Schwestern übernehmen Mutterfunktionen. Als Kleinster scheint er der Schwächste zu sein, ohne Eltern und arm, das weckt Erbarmen. Doch Franz zeigt seiner Familie, dass er etwas kann, dass er Fähigkeiten hat, welche die andern nicht haben. Er ist der Einzige unter den Geschwistern, der sich schon als Knirps stets bei den Kühen aufhält. Wenn gefragt wird: «Wo ist Franz?» lautet stets die Antwort: «Bei den Kühen!» Denn er hat ein klares Ziel, das er nicht aus den Augen verliert. Er will Bauer werden, mit einem eigenen Hof, die anstrengende Arbeit schreckt ihn nicht ab. Seinen Schwestern sagt er: «Kühe sind für mich die schönsten Tiere. Und nützlich, sie geben uns alles, was sie haben, Milch, Fleisch, Haut, Knochen, einfach alles.» Man lächelt ein wenig über seinen Eifer, aber dann sagt Fina: «Du hast Recht. Wenn ich eine gesunde Kuh weiden sehe, habe auch ich Glücksgefühle.»

Franz bemerkt, dass jedes Tier wieder einen andern Charakter hat, manche sind klug, andere langsam und schüchtern, einige sind schwerfällig und stehen oft im Weg. Er sagt seinen Geschwistern: «Unsere Kühe haben eine eigene Rangordnung, die stärkeren drängen sich vor, die schwächeren bleiben lieber zurück.» Gross ist die Freude in der Familie, wenn eine Kuh kalbt; es dünkt alle ein Wunder, wenn ein gesundes, kräftiges Kalb auf seinen Beinen steht und sofort trinken will. Franz merkt sofort, wenn ein Tier krank ist, und die Kühe kennen ihn und gehorchen ihm. Weil er wie ein Experte über Viehhaltung spricht, wird klar, dass er das Zeug für einen Bauern hat. Auf dem heimatlichen Hof hat er kein Auskommen, da lebt schon der ältere Bruder Juli mit seiner Familie, Franz muss auswärts eine Anstellung finden. Für seine Ausbildung zum Landwirt zieht er in den Kanton Schwyz, arbeitet auf Bauernhöfen und wird Verwalter. Aber er hat andere, hochfliegende Pläne, denn er möchte in eigener Regie Tiere halten. Er weiss, wie man Tiere behandeln muss, wie man das viel gepriesene ‚Glück im Stall' haben kann. Sein Wissen kann er auf fremden Höfen nicht optimal einsetzen.

Er klagt seinen Geschwistern sein Leid: «Ich bin gelernter Bauer und habe kein eigenes Land, keine Tiere. Das ist doch nichts.» Gleichzeitig hat er eine gute Botschaft parat: Er hat sich in eine tüchtige junge Schwyzerin verliebt, Selina, sie ist vom bescheidenen und liebenswürdigen Realper angetan, die beiden heiraten. Sie haben viel von dem, was man sich wünschen kann: Eine gute Partnerschaft, den

Beruf, den sie schon immer angestrebt haben. Aber sie möchten das, was jedem Bauern vorschwebt: Eigener Grund und Boden mit einem Hof besitzen.

Franz erzählt seinen Geschwistern von seinen Träumen, immer wieder. Er gibt nicht auf. Der ältere Bruder Liberi und seine Schwester Marie tun sich zusammen und schmieden Pläne, sie machen das mit Sorgfalt, mit Engagement, mit Witz und Kühnheit gar. Denn sie wollen jemanden finden, der einen Bauernhof kauft und an Franz verpachtet. Was für ein mutiges Unterfangen! Seine Schwester Marie, die in Solothurn gute Kontakte hat, ist eine Ansprechperson, mit der Franz rechnen kann. Sie war für die drei Buben vom Amtsrichter Jules in Solothurn zuständig, und einer von ihnen, Hugo, wurde durch eigenen Fleiss und Einsatz vermögend. Glücklicherweise ist Maries Bindung zu ,ihren Solothurner Buben' nie abgerissen, sie kennt ihre Ersatz-Söhne und deren Familien- und Vermögensverhältnisse.

Ihre Solothurner Buben, die inzwischen eigene Wege gehen, erzählen ihr viel, soviel, wie man einer Mutter erzählt. Ihrem Bruder zuliebe nimmt Marie ihren ganzen Mut zusammen und fragt Hugo an, ob er für ihren Bruder einen Bauernhof kaufen und zur Pacht freigeben könnte. Sie tut das mit Herzklopfen.

Zum Erstaunen aller Beteiligten ist Hugo mit dem Plan einverstanden, für ihn ist der Kauf eines Hofes nicht nur eine Hilfe für einen Jungbauern, es ist auch eine Kapitalanlage. Er sucht einen mittelgrossen Bauerbetrieb und findet einen Hof in der Nähe von Baden. Franz und seine Frau werden stolze Pächter eines Hofes. Wieder ist es Marie, die für den Start Geld spendet für einige Tiere. Nun ist Franz ‚Herr' über Kühe, Schweine und Hühner, einen grossen Garten, einen geräumigen Stall und ein Bauernhaus. Man kann sich die glücklichen Gesichter des jungen Paares, das ohne finanziellen Rückhalt umgehend einen Hof ‚besitzt', kaum vorstellen. Sie setzen ihre Kraft und ihren Ehrgeiz für den Pachtbetrieb ein, denn sie wollen beweisen, dass sie etwas vom Beruf verstehen. Sie geniessen es, fruchtbare Wiesen zu haben, dazu Kühe und Kälber im Stall. Im Garten wächst das Gemüse, das man im Kanton Aargau anpflanzt: Bohnen, Gurken, Zucchetti, Rüben, Lauch – alles, was das Herz begehrt. Bald stellt Franz fest, dass er durch die Arbeit auf dem Hof den Pachtzins leicht aufbringen kann und ist überrascht und stolz darauf. Allerdings muss er lange auf Kindersegen warten. Aber schliesslich hat das Paar drei Buben und zwei Mädchen, die mithelfen, wo es nötig ist.

Wenn es irgendwie möglich ist, fährt Franz ins Urserental, besucht die Verwandten und staunt, wie stotzig hier die Wiesen und wie verzettelt das Land ist. Er bewundert die Alpenflora, die noch intakt ist, die Pflanzen scheinen ihm hier schöner, kraftvoller als im Mittelland. Er stellt auch die Abwanderung fest, es gibt nicht mehr viele Bauernfamilien, alles verändert sich. Dass er sein Tal verlassen musste, das ist die eine Seite. Die andere Seite ist die Arbeit auf dem Bauernhof. Als Knirps hat er die Viehhaltung kennen und schätzen gelernt, das war sein Guthaben, das ihn weiter gebracht hat. Die Kinder gehen bereits eigene Wege, da kann er endlich den Hof kaufen.

Sein zufriedenes, gar glückliches Gesicht fällt allen auf. Nach kurzer Krankheit stirbt Franz mit 79 Jahren.

Die Familie Liberius Simmen im Überblick

Die Eltern:

Liberius Simmen	* 1864	† 1928
Maria Renner	* 1872	† 1923

Ihre Kinder:

Alois	* 1894	† 1956
Marie	* 1896	† 1978
Anna	* 1897	† 1923
Alfred	* 1899	† 1965
Lisa	* 1900	† 1971
Fina	* 1902	† 1970
Juli	* 1904	† 1990
Liberi	* 1905	† 1963
Toni	* 1908	† 1956
Bertha	* 1908	† 1983
Dora	* 1911	† 1972
Franz	* 1914	† 1993

In diesem Buch werden die Rufnamen verwendet.

Helen Busslinger-Simmen ist in Altdorf aufgewachsen, im Seminar Ingenbohl erwarb sie das Lehrerinnendiplom und unterrichtete Kinder der Unterstufe. An der theologischen Fakultät Luzern studierte sie Religionspädagogik und Theologie und arbeitete in diversen Gremien der Erwachsenenbildung. Sie initiierte Frauen- und Familien-Projekte und war Mitautorin von Büchern wie 'Psalmen', 'Urgeschichten', 'Hiob'. Als Journalistin schreibt sie für die Neue Urner Zeitung, das Urner Wochenblatt und Der Limmattaler.

Hugo Busslinger besuchte die Volksschulen im Kanton Bern, schloss das Gymnasium in Immensee ab und arbeitete als Informatiker. Gemeinsam mit seiner Frau war er in der Erwachsenenbildung tätig. Beide waren Mitautoren des Buches 'Mit dem Kleinkind Gott erfahren'. Während Jahren engagierte er sich in der lokalen Kirchen- und Schulpolitik und als Gemeinde- und Stadtrat.

Helen und Hugo Busslinger-Simmen haben zwei erwachsene Kinder, fünf Grosskinder und leben in Dietikon.